MON TRÈS CHER AMOUR...

DU MÊME AUTEUR

LE TOUT-PARIS, Gallimard, 1952.

NOUVEAUX PORTRAITS, Gallimard, 1954.

LA NOUVELLE VAGUE, Gallimard, 1958.

SI JE MENS..., Stock, 1972 ; LGF/Le Livre de Poche, 1973.

UNE POIGNÉE D'EAU, Robert Laffont, 1973.

LA COMÉDIE DU POUVOIR, Fayard, 1977 ; LGF/Le Livre de Poche, 1979.

CE QUE JE CROIS, Grasset, 1978 ; LGF/Le Livre de Poche, 1979.

UNE FEMME HONORABLE, Fayard, 1981 ; LGF/Le Livre de Poche, 1982.

LE BON PLAISIR, Mazarine, 1983 ; LGF/Le Livre de Poche, 1984.

CHRISTIAN DIOR, Editions du Regard, 1987.

ALMA MAHLER OU L'ART D'ÊTRE AIMÉE, Robert Laffont, 1988 ; Presses-Pocket, 1989.

ECOUTEZ-MOI *(avec Günter Grass)*, Maren Sell, 1988 ; Presses-Pocket, 1990.

LEÇONS PARTICULIÈRES, Fayard, 1990 ; LGF/Le Livre de Poche, 1992.

JENNY MARX OU LA FEMME DU DIABLE, Laffont, 1992 ; Feryane, 1992 ; Presses-Pocket, 1993.

LES HOMMES ET LES FEMMES *(avec Bernard-Henri Lévy)*, Orban, 1993.

LE JOURNAL D'UNE PARISIENNE, Seuil, 1994.

FRANÇOISE GIROUD

MON TRÈS CHER AMOUR...

roman

BERNARD GRASSET

PARIS

A la mémoire d'A.

Je suis la plaie et le couteau
La victime et le bourreau.

BAUDELAIRE.

Sous l'effronterie du regard perçait parfois dans ses yeux gris une lueur d'effroi.

J'en sus plus tard la source.

Pour le reste, quand des amis me présentèrent Jerzy il ressemblait à un grand chien joyeux pressé de vous sauter à la figure. Ce qu'il fit.

— Vous savez que votre robe est transparente ?

Je le savais.

— Et ça ne vous dérange pas ?

Ça ne me dérangeait pas.

— Les femmes sont incroyables.

Je lui tournai le dos et m'insinuai au

milieu de la foule massée dans les salons de l'éditeur qui recevait ce jour-là.

Je n'allais pas me laisser donner la leçon par cet avocaillon. D'ailleurs que faisait-il ici ? La sélection des invités était plus sévère autrefois.

Je serrai quelques mains, convins d'un dîner, esquivai un raseur, saluai le maître de maison entouré de sa cour quand une houle me porta vers le buffet.

— Champagne ou jus d'orange ?

Jerzy était là, tendant le bras pour me servir.

J'étais rentrée le matin même des États-Unis et le décalage horaire me mettait du coton dans la tête. Je ne sus pas cette fois me débarrasser de lui qui tournait autour de moi comme une guêpe. D'ailleurs, depuis que j'avais rompu avec Pierre, les hommages masculins me rassuraient quant à ma capacité de séduction.

Il fut vif, drôle, insolent, épinglant les ridicules des uns et d'autres, j'acceptai

12

d'aller dîner avec lui chez Lipp où il fut reçu en habitué. Il avait ce mauvais teint des hommes célibataires qui prennent tous leurs repas dehors et se nourrissent mal.

Lorsqu'il saisit ma main sous le prétexte d'en lire les lignes, je la lui laissai non sans trouver le procédé usé. Mais il feignit de prendre les choses au sérieux et de déchiffrer dans l'entrelacs qui quadrillait ma paume ce qu'il avait envie de me dire. Que j'étais orgueilleuse, capricieuse, froide... Des sottises.

— Belle réussite professionnelle... Tardive cependant. Un mariage raté...

— Vous voyez cela dans ma main ?

— Taisez-vous. J'ai besoin de concentration.

Il me dit aussi que je ne reverrai jamais Pierre, qu'il était parti sans retour et que c'était ma faute... L'orgueil, toujours l'orgueil. Mais le temps des échecs sentimentaux était révolu, j'allais trouver sur

13

ma route un homme pauvre mais génial qui allait me rendre le goût de rire, ce que je ne faisais pas assez à son gré...

Justement je riais, lorsque la porte du restaurant tourna brusquement sous la poussée de deux hommes à la mine inquiétante.

C'est la première fois que je vis dans les yeux de Jerzy, pendant une fraction de seconde, la lueur d'effroi. Les deux hommes furent installés à une table éloignée. Il voulut reprendre son discours.

— Qu'est-ce qui se passe ? Vous avez eu peur ?...

Oui. Il avait eu peur. De quoi ? Il ne me connaissait pas assez pour me le dire. Mais si j'acceptais de lui offrir un café chez moi, il me raconterait peut-être. Et si je n'acceptais pas ? Eh bien, il garderait son secret.

Il avait retrouvé son regard effronté. J'ai cédé, intriguée.

Mon très cher amour...

J'habitais alors, dans un immeuble ancien du sixième arrondissement, trois pièces héritées de ma mère, qui possédaient tous les agréments possibles et qui exerçaient un attrait immédiat sur les visiteurs. Volumes harmonieux, éclairages flatteurs, confort moelleux, couleurs éteintes relevées par quelques taches vives, on y entrait comme dans une boîte magique. Aucun homme n'y avait jamais vécu avec moi. Le désordre était mon désordre, le parfum mon parfum, les bruits de la rue, filtrés par des vitres épaisses, restaient insaisissables, juste assez présents pour épargner l'angoisse du silence absolu, j'étais là comme un chat dans son panier.

J'attendis les compliments d'usage, mais Jerzy commença par demander s'il y avait une porte de service. Non, il n'y en avait pas. Mais qu'aurais-je eu à faire d'une porte de service ?

— Il faut toujours pouvoir filer, dit Jerzy.

— Filer où ? Filer pourquoi ?

Il rôdait de pièce en pièce. Je le laissai seul pour mettre la cafetière en route.

— J'espère que vous ne faites pas du café soluble, cria-t-il.

— Pour qui me prenez-vous ?

Je le retrouvai allongé sur le canapé, l'air d'être chez lui de toute éternité.

Le temps n'était plus où j'avais peur des hommes, et de leurs grandes mains toujours promptes à me frôler les seins comme s'ils cédaient à un attrait magnétique. J'avais appris comment on les tient à distance, non avec des gestes mais en quelques mots durs qui les déconcertent. Alors ils s'éloignent offensés.

Ne pas leur permettre de pousser leur offensive, sauf à le désirer, tout le secret est là. Je ne redoutais que ma propre faiblesse, cette chaleur qui me montait le long des jambes lorsque l'un d'eux, qui me plaisait, m'écrasait contre lui d'un geste brusque et alors je risquais de fondre comme du beurre dans une poêle chaude.

Mais deux ou trois souvenirs humiliants, étreintes brèves avec des hommes médiocres, m'avaient enseigné l'art de la défense. Personne ne m'approchait plus que je n'en aie la volonté.

Non, je n'avais pas peur, ce soir-là, d'une attaque de Jerzy, bien qu'il fût par quelque endroit inquiétant. Je pensais que je ne savais rien de lui et qu'il faut être folle pour laisser pénétrer chez soi un inconnu sous le prétexte que l'on vous a présentés l'un à l'autre. Je pensais que Pierre avait encore ma clé et qu'il pouvait entrer à tout moment, et qu'il serait surpris. Mais quoi ! J'étais libre désormais. Libre, c'est le mot que l'on emploie pour les hommes. Des femmes en rupture de mariage ou de liaison, on dit qu'elles sont seules.

Le mot ne m'effrayait pas. Je n'avais jamais été seule longtemps. Mais après cette longue histoire chaotique avec Pierre, et ce qui l'avait suivie, j'avais envie de solitude, précisément, le besoin de retrouver le sens de ma vie, si toutefois elle en avait un. Alors qu'avais-je à faire de ce Jerzy, vautré sur mon canapé ?

Le téléphone sonna. C'était V. malheureux et choqué parce que je n'avais pas encore fini de lire son manuscrit, se laissant aller à mille folies. Je lui expliquai que je rentrais à peine de New York.

« Je me fous de New York, je n'écris pas pour New York, j'écris pour mille personnes en France... Peut-être même pour cinq cents mais j'y tiens, tu comprends, j'y tiens... Si tu ne veux plus être mon agent, dis-le, je comprendrai, abandonne-moi toi aussi... »

18

Mon très cher amour...

Il disait n'importe quoi. Je finis par l'apaiser.

Jerzy écoutait, curieux de cette conversation.

— Vous travaillez aussi la nuit ? dit-il.

— Oui. Les auteurs sont angoissés, la nuit.

— Et moi, si je suis angoissé, je peux vous téléphoner ?

Je remarquai que toutes ses phrases commençaient ou finissaient par « moi ». Déformation professionnelle. Il réclama un second café.

— Vous n'allez pas dormir, dis-je machinalement.

— Qui veut dormir ? Vous voulez dormir ?

— Quelquefois, mais ce soir je suis à l'envers, à cause du jet lag...

— Alors j'ai la nuit devant moi.

— Pour quoi faire ?

— Pour vous convaincre que je suis l'homme qu'il vous faut... Cette étoile, là, à la racine de votre annulaire, vous voyez ? Cette étoile, c'est moi. Votre bonne étoile.

Je ne savais plus s'il m'exaspérait ou s'il m'amusait. Les deux peut-être. Je m'enfonçai dans mon fauteuil, et laissai tomber mes chaussures pour replier commodément mes jambes.

— Vous commencez déjà à vous déshabiller ?

Décidément, il était odieux.

Enfin il m'annonça qu'il entamait sa plaidoirie. Qu'avait-il pour me plaire ? Rien, il le reconnaissait. Une carrière qui s'annonçait brillante mais qui débutait seulement, des relations mais beaucoup moins que moi, un physique dont certaines femmes lui avaient dit qu'il était attachant mais avant de s'en détacher, des fins de mois difficiles, quelques dettes, alors quoi ?

— Je peux être très drôle, et je suis très intelligent, dit-il. Vous ne vous ennuierez jamais avec moi. Vous vous êtes ennuyée ce soir ?

— Pas vraiment, non. Mais j'attends toujours que vous m'expliquiez de quoi vous avez eu peur tout à l'heure, au restaurant, et pourquoi vous attachez du prix aux entrées de service.

— Attendez, je vais vous le dire. C'est mon arme secrète.

Il s'était levé pour parler, et marchait maintenant de long en large.

Il avait une grâce particulière pour se mouvoir sur ses hanches étroites. Je remarquai que son costume était bien coupé mais fatigué, ses chaussures aussi. Mais il portait une montre de Cartier. Un cadeau, sans doute. Les avocats reçoivent parfois des cadeaux. Ou bien c'était une femme...

Mon très cher amour...

— Vous m'écoutez ?

Non. J'étais distraite par mes obervations. Je promis d'être attentive. Je ne savais pas à quel point j'allais l'être.

Jerzy avait cinq ans, c'était un petit garçon heureux et turbulent lorsque sa mère le fourra, un jour, dans un placard dont elle retira la clé en lui disant : « Tais-toi. Pour l'amour de Dieu, tais-toi. Si tu cries, le loup va venir te chercher. » Terrorisé, il se tint coi, l'œil collé sur un trou de la porte. Soudain, il vit deux hommes entrer, saisir sa mère qui se débattait, frapper son père et les pousser dehors tous les deux.

D'abord, il était resté pétrifié. Jamais on ne l'avait laissé seul. Il s'interdit de crier. Puis la panique l'emporta et il se mit à hurler.

Mon très cher amour...

Pendant une heure, peut-être deux, suffocant, il avait bourré de coups la porte du placard pour qu'on vienne le délivrer.

Enfin, quelqu'un était arrivé. Une voisine qui avait dit : « Pauvre petit... » quand elle eut réussi à faire sauter la serrure. Et elle l'avait recueilli, à demi asphyxié.

Plus tard, beaucoup plus tard, il avait appris son histoire. Son père était juif d'origine polonaise, sa mère française et chrétienne.

Les Allemands les avaient arrêtés tous les deux. Ils n'étaient jamais revenus. On ne savait même pas où ils étaient morts. C'est la voisine compatissante qui avait élevé Jerzy du mieux qu'elle avait pu, avec ses pauvres moyens.

D'abord, il avait réclamé sa mère, âprement. Puis il avait refusé de manger, de dormir, de jouer. Il restait prostré de longues heures. On lui avait dit que ses parents étaient en voyage mais que bientôt, il les reverrait. Il disait non, c'est le loup qui les a emportés. Il tremblait de tous ses membres et courait se cacher sous la table dès que l'on frappait à la porte. Inlassablement, il dessinait un homme, une femme déchiquetés. Un jour, il demanda qu'on lui raconte son père parce qu'il voulait reproduire son visage et qu'il l'avait oublié. Il disait : il s'est enfui de ma tête il faut que je le rattrape sinon il va mourir.

D'abord, la voisine qu'il appelait Mamette l'avait bercé de paroles tendres, rassurantes, de mots d'espoir. Puis, quand elle avait compris que les parents de Jerzy ne réapparaîtraient jamais, elle lui avait dit : tu avais raison, le loup les a mangés. Mais maintenant ils sont heureux, ils sont au ciel et ils veillent sur toi, enfin ce qu'on dit aux enfants. Ce sont des camarades de l'école, des grands, qui lui apprirent la vérité. Tes parents, les boches les ont fait griller. Mamette fut sommée d'expliquer.

Mon très cher amour...

Elle fit du mieux qu'elle put, effrayée par le regard de Jerzy, le regard gris de sa mère qu'elle n'avait jamais oublié, si grave. De ce jour, il ne parla plus jamais de ses parents, comme s'il les avait enfouis dans leurs propres cendres. Simplement, il ne supportait pas de rester seul dans le petit logement où Mamette lui avait installé un lit-cage. Il ne supportait pas.

Elle l'avait élevé avec tout l'amour dont son cœur simple débordait pour cet enfant qui lui était tombé du ciel. Elle lui avait même fait faire des études, parce que les maîtres disaient que ce drôle de garçon était brillant et qu'il fallait le pousser. Il parlait d'elle avec émotion, de l'évier sur lequel il avait fait sa toilette pendant des années, du bruit de la machine à coudre qui le berçait pendant qu'il faisait ses devoirs — elle était couturière en chambre —, d'une diphtérie dont elle l'avait sauvé alors qu'il suffoquait, condamné, de cette idée fixe qu'elle avait eue d'en faire

25

un avocat parce que les avocats défendent les pauvres gens... De sa fierté quand il avait réussi ses examens, et elle avait éclaté en sanglots.

Telle était l'histoire de Jerzy et l'origine de cet effroi, venu du profond de l'enfance, qui le saisissait lorsqu'il croyait voir surgir une menace.

— Vous voyez bien, dit-il, que vous ne pouvez rien me refuser.

Quand je me réveillai le lendemain à midi, arrachée au sommeil par la sonnerie du téléphone, Jerzy était parti. Il m'avait laissé un billet où il disait : « Si vous ne voulez pas me revoir, vous ne me reverrez jamais. Sinon, appelez-moi au bureau, Littré 24 12. Dites que vous êtes Mme de Mortsauf, je comprendrai. Vous êtes belle quand vous dormez. »

Mon très cher amour...

Telle fut ma première nuit avec Jerzy. Une nuit peuplée de caresses douces, inventives, où il avait su apprivoiser le corps lourd de fatigue que je lui avais abandonné. Ce n'était pas si simple. J'avais besoin de soin pour atteindre le plaisir et pour le partager. Les premières étreintes sont toujours un peu ratées. On se jette l'un sur l'autre, à l'aveuglette ; poussé par trop de hâte on ne prend pas le temps de faire connaissance avec une peau, une odeur, un sexe étrangers ; en état d'émeute intime on avance des gestes brusques, des paroles maladroites... On se retrouve glacée...

J'avais quelques mauvais souvenirs dans ce domaine. Jerzy avait su à la fois me rassurer, me détendre, m'attendre, me parler. J'aimais les mots dans l'amour, la crudité des mots indicibles hors de l'étreinte, il les avait prononcés.

Allais-je le rappeler ? Sous la douche, je me dis que je n'en ferais rien, que Jerzy était un homme dangereux, je ne trouvais pas d'autre mot, dangereux. Un perturbateur.

Une fois au bureau, je l'oubliai. Après dix jours d'absence, le travail s'était accumulé. Contrats à négocier, manuscrits à lire, auteurs à relancer, je menais mon agence seule, avec une secrétaire, et n'avais pas le temps de flâner.

Un agent littéraire, cela tient de la nourrice, de l'ange gardien, du notaire, du diable et du bon Dieu. Mon portefeuille n'était pas très étendu mais j'avais réussi à m'attacher trois écrivains de grand renom dont je gérais les affaires dans le monde entier, et quelques auteurs moins connus mais pleins de promesses.

Connu ou pas, talentueux ou besogneux, un auteur est toujours un sac de nerfs. Avant d'écrire, pendant qu'il écrit, après avoir écrit. Il faut lui tenir la main, l'encourager, quelquefois le critiquer, le lire en cours de travail quand il le souhaite et bute sur une impasse, le stimuler quand il est au point de tout déchirer, le rassurer, le bercer, l'apaiser. C'est l'aspect nourrice des choses. Restent les questions matérielles qui sont innombrables, traductions à surveiller, conditions de publication à l'étranger, droits de prépublication dans tous les pays intéressés et de films, éditions annexes, montant des à-valoir, surveillance des comptes, c'est la cuisine. J'étais bonne négociatrice, trilingue ce qui m'aidait, mais ce que j'aimais dans mon métier, c'était cette relation de confiance qui s'était établie entre mes auteurs et moi, le prix qu'ils attachaient à mon jugement.

J'étais assez fière d'avoir dans mon écurie deux romanciers étrangers qui passaient pour particulièrement capricieux et que j'avais apprivoisés. L'un d'eux me préoccupait justement parce que son dernier texte me paraissait faible et que je m'interrogeais sur le point de savoir s'il fallait le lui dire.

Enfin, j'avais souvent la charge de mettre aux enchères sur le marché français un gros morceau américain. Rien de plus amusant. Au jour dit, chacun des éditeurs français intéressés fait une offre. Ils ont quatre jours pour surenchérir les uns sur les autres par mon intermédiaire. Ouvertes disons le lundi, les enchères sont closes le vendredi à midi.

Le plus audacieux l'emporte. Les autres sont à la fois furieux et soulagés, car il s'agit toujours de grosses sommes, des centaines de milliers de dollars, pour des ouvrages qu'on leur demande parfois d'acheter « blind » comme nous disons. Aveugle. Sans avoir rien lu. Sur la foi du nom de l'auteur ou du sujet traité.

Ce jour-là, j'avais commencé justement

à organiser de prochaines enchères « blind » à propos des révélations d'un agent secret soviétique passé à l'Ouest. Et la partie s'annonçait chaude.

Quand je levai le nez, il était sept heures passées et j'eus soudain une peur panique de ne pas trouver Jerzy. Quoi ! je m'y étais déjà habituée ?

— Il est en rendez-vous, dit la secrétaire. Qui dois-je annoncer ?

— Mme de Mortsauf.

— Ah ! ne quittez pas...

La voix de Jerzy me parut froide, impersonnelle. Il dit seulement : « Bonsoir. Je serai chez vous à huit heures. À tout à l'heure. »

Je rentrai troublée. Qu'est-ce que j'attendais ? Des effusions téléphoniques ?

J'essayai d'imaginer où il travaillait. Je savais qu'il était l'un des collaborateurs d'un célèbre avocat du moment, Mollard, qui officiait boulevard Saint-Germain... J'imaginais une petite pièce mal éclairée dans un grand appartement bourgeois, où il préparait les dossiers du Maître. On devait lui donner à plaider les divorces, les petites affaires qui encombrent les gros cabinets.

J'enrageai de l'avoir rappelé et qu'il eût disposé de moi comme s'il allait de soi que ma soirée dût lui appartenir.

Il arriva à huit heures les bras chargés de ces nourritures exotiques que l'on trouve dans les magasins ouverts un peu tard et d'une bouteille de champagne, ouvrit le frigidaire pour les entreposer et dit :

— Je parie qu'il y a là-dedans une tranche de jambon sinistre que vous auriez mangée debout, sur un coin de table, si je n'étais pas là...

— Vous croyez que j'ai besoin de vous pour me nourrir ?

— Vous avez besoin de moi. C'est tout.

— Répétez-le et je vous mets dehors !

Mon très cher amour...

— Quel caractère ! Mais quel caractère !...

Il m'enleva posément le verre que je tenais en main, me prit par les épaules et doucement, très doucement, mit un baiser sur mon front.

J'attendais probablement qu'il se ruât sur moi. Une fois de plus, il me déconcerta.

— Venez, dit-il. Asseyez-vous, que je vous raconte. Vous m'avez porté bonheur. Mollard m'a donné une affaire extraordinaire... Une femme de la grande bourgeoisie qui a tué son amant à bout portant pendant qu'il dormait, par jalousie... Vous avez vu ça dans les journaux ? Mollard ne veut pas plaider pour elle parce qu'il était lié avec l'amant. Et voilà comment le petit Jerzy va s'envoler sur les ailes de la renommée ! Ah ! mon ange, je suis heureux, je suis heureux, je suis heureux !

Je connaissais de vue la femme en

question. La quarantaine, peut-être moins, belle, famille d'industriels huppés... Le scandale avait fait grand bruit.

— Vous êtes sûr, dis-je, que la famille...

— Que la famille voudra de moi ? Oui. La famille, outrée, renie la coupable. Elle ne rêve que de la voir internée pour déséquilibre mental.

— Eh bien, en voilà une histoire !

— Je vous avais dit qu'on ne s'ennuie jamais avec moi.

Le fait est...

Il arpentait la pièce, se cognant dans les fauteuils, habité par son affaire. Je pensais à cette femme, au degré de souffrance qu'il faut avoir atteint pour tuer par jalousie... La jalousie, je connaissais comme tout le monde, mais tuer... En serais-je capable ? Serais-je capable de grands gestes dramatiques, de passion déchirante, de folie ?

34

N'étais-je pas plutôt une personne économe de ses émotions...

Jerzy s'était approché. Il tira sur la fermeture de ma robe qui s'ouvrit comme l'écorce d'un fruit et la fit glisser sur mes épaules. Je cessai de m'interroger, au moins provisoirement.

Le champagne n'était pas encore froid quand il entreprit de le déboucher mais, symboliquement, il voulait fêter cette journée où, soudain, tout lui avait réussi.

— Ce matin, dit-il, j'étais malheureux, solitaire, confus de ma conduite, persuadé que vous ne me rappelleriez pas, et j'avais devant moi une série de corvées. Ce soir, je suis l'amant de la plus jolie femme de Paris et l'avocat d'une grande criminelle romantique. J'ai envie de hurler. Je vais hurler.

Il poussa un cri sauvage.

La plus jolie femme de Paris... Je détestais ce cliché qui, d'ailleurs, ne me convenait pas. A quarante ans, j'avais du charme, un regard, une belle bouche, un corps délié que je savais habiller, j'exerçais un attrait évident sur les hommes, je n'étais pas jolie, Pierre me l'avait assez dit. Tu n'es même pas jolie, je me demande ce que je te trouve...

Depuis que nous étions séparés, je pensais souvent à lui, à ce gâchis que nous avions fait de notre vie commune... A cet acharnement avec lequel il m'avait empêchée de travailler, parce que Dieu merci je suis capable de donner à ma femme tout ce dont elle a envie... J'étais son objet de luxe, son bien, sa propriété, et pendant un temps j'avais aimé cet assujettissement qui me donnait du prix...

Il me trompait. Je le soupçonnais. J'acceptais. Aventures brèves et misérables d'un chirurgien surmené.

Mon très cher amour...

Mai 68 m'avait arrachée à ma torpeur.
La révolution des femmes, cette houle qui
les soulevait, l'affirmation de soi qu'elles
revendiquaient, ce grand craquement où
s'effondraient des couples autour de
moi...

D'abord, j'avais dit, comme Pierre :
« Elles sont folles... Les femmes sont
devenues folles... » Ces hurlements dans
la rue, ces exhibitions de seins nus...

Le Manifeste des avortées m'avait heur-
tée. Je ne me sentais pas concernée. Mais
une amie m'avait entraînée dans un mee-
ting où quelques femmes avaient pris la
parole. J'en étais sortie remuée, soulevée
par une houle, consciente soudain de
l'oppression où Pierre me tenait, certaine
d'être en quelque sorte mutilée depuis des
années... J'ai essayé de lui en parler. Il a ri.
Ce rire m'a percée. J'étais niée, condam-
née à perpétuité. C'est le moment qu'il a
choisi pour entamer une de ces liaisons
éphémères dont j'avais toujours l'intui-

tion immédiate. Je lui ai mis le marché en main : le divorce où le droit de travailler. Il était effaré. Le divorce, jamais. Travailler ? Mais tu ne sais rien faire ma pauvre fille ! Qu'est-ce que c'est que cette histoire ? Il a . . . .

— Eh bien, mon ange, à quoi penses-tu si loin de moi ?

Jerzy me rappelait à lui. Je fus heureuse qu'il soit là.

De mon lit saccagé montait une bonne fragrance d'homme jeune mêlée à mon parfum... Maintenant, il explorait mon corps comme on le fait d'un paysage, nommant les collines, les monts et les vallées. Je voulus me lever.

— Reste, dit-il. J'ai bien le droit de te regarder. Je t'ai touchée mais je ne t'ai jamais vue. Je veux te voir, peupler ma mémoire de ton corps... Tu sais quoi ? Je crois que je suis amoureux de toi.

Mon très cher amour...

Cette fois, c'est lui qui s'assoupit près de moi, son bras barrant ma poitrine de tout son poids. Je regardai dormir cet étranger qui était entré par effraction dans ma vie. Il n'était pas beau quand il fermait les yeux. Toute sa séduction tenait dans sa voix et dans son regard gris. Mais il retrouvait dans le sommeil une sorte d'enfance dont je fus attendrie, ce que je me reprochai aussitôt. Quelque chose me disait qu'avec Jerzy, l'attendrissement serait la servitude. Quel âge pouvait-il avoir ? Trente-deux, trente-trois...

J'éteignis la lampe de chevet. La lumière d'une enseigne, diffusée par les rideaux, baigna la chambre d'ombre bleue. Je me glissai hors du lit pour arrêter un disque qui n'en finissait pas de tourner. C'était l'*Appassionata*, je m'en souviens.

Mon très cher amour...

Le soleil se levait quand il se réveilla, la joue râpeuse d'un vilain poil, confus d'avoir dormi si longtemps. Il avait hâte de partir, j'avais hâte qu'il s'en aille, la magie de la nuit était dissipée.

Je lui proposai un café tandis qu'il se rhabillait. Il refusa. Il semblait comme pris en défaut par ce sommeil qui l'avait terrassé.

Nous sommes convenus que je l'appellerais dans la journée.

— Madame de Mortsauf, n'oublie pas.

— Mais pourquoi ?

— Inutile de te compromettre. Ma secrétaire est curieuse comme une belette.

— Va pour madame de Mortsauf, la pauvre.

— Pourquoi la pauvre ? C'est un personnage merveilleux qui...

Il allait me faire un cours sur Balzac. Je

lui clouai les lèvres d'un baiser et le jetai dehors.

Telle fut ma seconde nuit avec Jerzy.

Très vite, il voulut me présenter Albert. Son copain, son ami, son frère. Albert était pianiste. Il aurait été beau n'était la mollesse de ses traits boursouflés par l'alcool dont il abusait, ce qui avait saccagé sa carrière. Lors de son dernier concert, il était arrivé ivre mort sur la scène. Ce fut son ultime engagement. Pour gagner sa vie, il jouait, le soir, dans une boîte, un jazz mélancolique et magnifique. À son huitième scotch, il improvisait, génial, inspiré. On pouvait écouter Albert toute la nuit.

Albert me plut tout de suite. C'était un raté et j'ai de la tendresse pour les ratés. J'en rencontre souvent dans mon métier.

41

Mon très cher amour…

Des hommes, des femmes qui ont « quelque chose » et qui ne parviennent pas à le concrétiser, et pourtant c'est là, tout proche, et ce n'est pas là, pas assez pour affleurer. Ce sont les orphelins du succès. Ma grande joie a été de faire écrire V., de l'arracher au sortilège qui l'empêchait d'éclater. V. ne serait jamais un auteur populaire à moins que, hypothèse hautement improbable, un prix littéraire ne vînt un jour le couronner. Mais, servi par une écriture somptueuse, il avait l'originalité de ton, la force poétique d'un grand écrivain. Le tout avait été de l'aider à sortir de sa gangue, à ordonner son lyrisme.

Était-ce l'alcool qui détruisait Albert ou une fêlure intime qui le jetait dans l'alcool, en tout cas c'était un homme cassé.

Jerzy avait voulu que je l'entende avant

de lui parler. Enfin, il fit une pause et nous rejoignit à notre table. Il observa ma robe, un étui noir, d'un œil de connaisseur, effleura de la main mes épaules nues et dit seulement : « Joli... », puis se laissa tomber sur une chaise. Il dit ensuite qu'il avait joué pour moi, qu'il m'avait « entendue écouter », que c'était sa manière de parler et qu'il fallait lui pardonner s'il ne savait pas se servir des mots comme des notes. Les mots, c'était l'affaire de Jerzy.

— Ne lui faites jamais de mal, me dit-il, je ne vous le pardonnerai pas et je peux être très méchant.

Jerzy se récria, jurant que rien de mal ne pouvait lui venir de moi.

— Et s'il me fait du mal à moi, dis-je, qu'est-ce que vous ferez ?

— S'il vous fait du mal, c'est qu'il est con.

— Une éventualité qu'on ne peut pas écarter...

— Je ne la retiens pas.

Je ris mais en pensant que moi, je la retenais. Même dans cet état d'éblouisse-ment joyeux où j'étais comme on l'est toujours au début de ce qui s'appellera peut-être un amour, douce comme un caramel fondant, quelque chose me rete-nait de lever toutes mes défenses.

Était-ce les huit ou dix années qui nous séparaient ? Elles ne m'encom-braient pas. Le jour anniversaire de mes quarante ans, j'avais bien pensé, furtive-ment, que je basculais de l'autre côté de ma jeunesse, mais mon miroir m'aurait rassurée si j'en avais eu besoin... J'étais intacte. Mieux : depuis que je travaillais, j'avais rajeuni. En cinq ans, la femme éteinte que j'avais été si longtemps dans le sillage de Pierre s'était épanouie, parée d'un nouvel éclat, animée d'une nouvelle force.

Parfois, une griffure au coin de mes yeux m'alarmait... Alors je quêtais le regard des hommes. Il y en avait toujours un sur mon chemin pour me rassurer.

Jerzy était le dernier. Allons ! je n'avais qu'à me laisser aimer.

Juin s'achevait dans une torpeur d'été. Pompidou venait d'être élu président de la République, la stupeur créée par le départ soudain du général de Gaulle s'était dissipée, on s'arrachait *Papillon*, l'histoire du bagnard, on chantait « Je t'aime moi non plus », un air de vacances flottait sur Paris.

Jerzy me dit un soir :

— Je voudrais partir avec toi... Quelque part en Provence, Au bord de la mer. Viens. Allons-nous-en.

J'avais à l'époque un cabriolet Mercedes, dernier cadeau de Pierre, à peine fatigué. Cette voiture fascinait Jerzy, comme si elle m'avait été consubstantielle. Il m'appelait la femme à la Mercedes et restait parfois sur le trottoir pour me contempler au volant.

Quand je lui suggérai de partir en wagon-lit, il poussa des cris. Il voulait rouler en Mercedes.

Puis soudain, alors que j'avais réglé mes affaires pour pouvoir m'absenter quelques jours, il déclara, sombre : « On ne part plus. »

Que s'était-il passé ? Je finis par lui extirper la vérité. Il n'avait pas trouvé à qui emprunter de quoi payer ce déplacement et il était sans un sou vaillant.

— Eh bien, dis-je, où est le problème ? Je t'invite, voilà tout.

Il fit à peine quelques manières. Le lendemain à l'aube, nous filions sur la route du soleil.

Mon très cher amour...

Ce que furent ces journées, je ne l'oublierai pas à l'heure de faire mes comptes avec Jerzy. Une explosion d'émotions partagées, de plaisirs fous, de joies intimes, de rires aussi.

Nous étions partis exténués, blafards, lourds de nos soucis professionnels. À la hauteur de Valence, déjà, la lumière dans les platanes avait commencé à nous ressusciter. Comme j'ai aimé cette route du Midi tendue vers la mer, où chaque kilomètre avalé vous desserre un peu plus le cœur... Jerzy chantait à tue-tête des chansons de Gainsbourg, faux naturellement.

J'aurais détesté qu'il chantât juste.

Je conduisais vite une voiture puissante sur des routes quasiment désertes. C'est toujours enivrant.

Une bonne chambre nous attendait dans un hôtel de la Garoupe aux clients clairsemés. Je tombai sur le lit anéantie, et dormis douze heures. Quand je me réveillai, Jerzy me regardait.

— Tu es extraordinaire. Comment peux-tu dormir comme ça ?

— Comment comme ça ?

— Comme un bébé.

— Les bébés se réveillent tout le temps et pleurent. Tu dis n'importe quoi, mon ange. Vite, un thé s'il te plaît.

Je n'aimais pas faire l'amour le matin. Mais ce matin-là, je pensais que, jusque-là, j'avais eu tort et qu'il y a un amour du matin, entre deux corps tièdes encore de la nuit, qui a des saveurs de petit pain chaud.

J'enfilai un maillot de bain, pressée de me baigner.

— Tu vas te montrer comme ça ? dit Jerzy.

— Il ne te plaît pas, mon maillot ?

— Mais tu es nue !

— Pas du tout ! Je suis très décente.

— Tout le monde va voir tes cuisses,

tes seins... Ça ne te gêne pas que tout le monde voie tes seins ? Des adolescents lubriques, des vieillards obscènes ?

— Jerzy ! Je ne peux pas me baigner en soutane !

— Pourquoi pas ? Je ne veux pas que le corps de la femme que j'aime soit pollué par la concupiscence des mâles en rut.

— Tu n'as rien à craindre. Une femme en maillot de bain, c'est rien moins qu'érotique.

Il me regarda, étonné.

— Tu sais quoi ? C'est vrai ce que tu viens de dire. Ta tenue n'est pas érotique du tout.

— Tu vois !

Il fit glisser les bretelles de mon maillot en répétant : « Pas érotique du tout, pas érotique du tout... »

Cette fois, je goûtais à l'amour de midi et demi.

Nous vivions enlacés. Il me faisait l'amour avec une délicatesse de chat.

— Tu sais quoi ? disait-il. Les hommes et les femmes sont secs et méchants parce qu'ils ne jouissent pas ensemble.

— Qu'est-ce que tu en sais ?

— Je sais. Oh ! je sais.

Longtemps j'avais cru que je ne me débarrasserais jamais de l'empreinte qu'avait laissée Pierre sur mon corps. Elle s'était interposée, goguenarde, entre moi et tous mes amants de passage. J'étais comme délivrée.

Et puis, je fis la lente découverte de Jerzy. Jerzy qui ne savait pas nager — « on ne m'a pas appris quand j'étais petit » —, Jerzy distribuant des pourboires délirants pour se faire aimer des concierges d'hôtel, Jerzy brûlé par le soleil dont il avait refusé de se protéger... Il n'avait jamais été au soleil.

50

Mon très cher amour...

J'aimais que, sur la plage, il joue avec les enfants et que les enfants l'adorent.

Il voulut savoir pourquoi je n'avais pas d'enfant. Je lui dis qu'un accident m'avait rendue stérile. Il voulut savoir lequel. Je lui donnai, avec répugnance, quelques explications techniques. Un embryon qui s'était développé hors de sa poche naturelle. Une hémorragie interne... Vieille blessure à laquelle je ne voulais pas penser. Je revoyais Pierre, effondré. Le chirurgien me dire, cet imbécile :

« Eh bien maintenant, vous serez tranquille ! » Tranquille... J'étais infirme, oui.

— C'est dommage, dit Jerzy. Un enfant de toi j'aurais bien aimé.

Il me parla de son métier, où il piaffait dans l'impatience où il était de faire ses preuves. J'ai connu beaucoup de jeunes

hommes ambitieux, aucun ne m'a jamais
paru plus sûr d'avoir un destin, mais que
la vie était donc longue à lui faire signe...

— Mais tu es venue, disait-il, et avec
toi la chance est venue. Je vais faire
acquitter Christine T., je vais la faire
acquitter pour toi, tu verras.

— Comment ça, pour moi ?

— Pour t'éblouir, pour que tu ne
regrettes jamais d'avoir rencontré le petit
Jerzy... Pour que tu sois fière de moi.

Des accès de mélancolie succédaient à
ses accès d'exaltation. Il me parlait
d'Albert, qu'il se proposait d'imiter s'il
échouait, de leur amitié scellée quand il
avait tiré Albert d'une méchante affaire de
contrat non respecté.

— L'ennui, c'est que je n'aime pas
l'alcool. Embrasse-moi, embrasse-moi
vite, je vais devenir ennuyeux.

Puis, il se mit à me poser des questions.
D'où je venais, qui j'étais... Mais c'était en
quelque sorte pure politesse. Il se faisait

une certaine idée de moi — la femme à la Mercedes — que j'aurais pu seulement détruire en la ramenant à ses véritables dimensions. Je n'étais qu'une bourgeoise de province, petite fille d'un magistrat, fille d'un notaire, épouse d'un chirurgien, qui avait fait, avec un peu de chance, son trou dans l'édition. Rien de bien romantique là-dedans. Je ne résistai pas — qui résiste ? — à lui raconter mon enfance, morose entre des parents âgés, mes jeunes années où j'avais glissé de la tutelle d'un père autoritaire à celle d'un mari impérieux après une vague licence de psycho parce qu'il faut bien faire une licence.

Mais je ne m'étais jamais enfuie avec un saltimbanque, je n'avais pas été violée par un père incestueux, je n'avais pas surpris ma mère avec un amant, aucun des épisodes qui épicent les biographies ne trouvait place dans ces années, assez plates en somme, dont je me souvenais plutôt comme d'un long sommeil. Je m'étais éveillée passé trente ans.

— Et alors, tu en as profité.

— Oui, j'en ai profité.

— Tu as eu des amants...

— Oui, j'ai eu des amants, si l'on peut dire.

— Et ton mari a supporté...

— Ne parlons pas de mon mari, Jerzy. D'ailleurs, il n'est plus mon mari.

— Mais tu l'aimes encore.

— Non. Je crois que non.

— Tu crois ou tu es sûre ?

— Je suis sûre que tu es en train de devenir ennuyeux. Embrasse-moi et tu sauras qui j'aime...

À mon tour, je voulus l'interroger sur les femmes qu'il avait connues. Mais il se ferma comme une huître.

— Je ne sais pas, j'ai tout oublié. Tu es la première.

Mon très cher amour...

Hâlés, polis, poncés, nous avions brûlé pendant dix jours à tous les feux de l'amour lorsque je reçus un appel de Paris : un écrivain américain dont je traitais les affaires était arrivé impromptu et m'attendait.

Jerzy prit l'air d'un enfant battu. Il essaya sans conviction de me représenter que l'on pouvait se passer de moi à Paris, puis se résigna.

À l'aube, nous avons chargé nos bagages dans la Mercedes. Pendant tout le trajet du retour, Jerzy ne desserra pas les lèvres ou à peine, pour déjeuner rapidement. À la hauteur d'Auxerre, nous avons trouvé la pluie. Le battement des essuie-glaces rythma notre silence jusqu'à la fin.

Quand je déposai Jerzy chez lui, il dit :

— Qu'est-ce que je vais devenir, moi, tout seul, à Paris ?

— Mais tu n'es pas tout seul !

— Si. Ce type va t'absorber nuit et jour, je vois ça d'ici...

Il m'agaçait. Je suis partie. D'ailleurs, j'avais besoin de respirer un peu.

Mon Américain n'était pas un client facile. Sa cote était élevée. Il exigeait de forts à-valoir. Je les obtenais pour lui dans tous les pays ou presque. Jusque-là, tout était relativement simple. Mais quand il venait à Paris, il fallait le distraire...

Il voulait « faire la fête », comme il disait. La fête, c'était une fille, et de l'alcool. À minuit, il était écarlate. À deux heures, il était violet. À quatre heures, il fallait se battre avec lui pour le porter dans son lit.

Sobre, il était adorable et les compagnes qu'Isabelle, ma secrétaire, recrutait pour charmer ses soirées en étaient tout attendries lorsque, après quelques libations, il leur proposait le mariage. Mais l'alcool le rendait méchant. Alors il pouvait devenir grossier, voire brutal.

Je l'aimais bien, cette grande brute bourrée de talent, et je veillais sur lui du mieux que je pouvais.

Un soir, j'eus l'idée de l'emmener chez Albert. La première personne que j'aperçus dans la pénombre fut Jerzy, accompagné d'une blonde capiteuse que je ne connaissais pas. J'en reçus comme un petit coup de poignard. En passant à côté de lui, je glissai : « Tu vois qu'on n'est jamais seul à Paris... » Je n'avais pas pu me retenir. Il se leva.

Il ne m'avait pas vue. Sans perdre son sang-froid, il nous pria de nous asseoir à sa table. Mon Américain était déjà fasciné par la blonde, vivement impressionnée quand elle entendit son nom. Elle baragouinait l'anglais. Jerzy se trouva tout de suite exclu de la conversation. Il était pâle, lèvres serrées.

Albert jouait « I couldn't sleep a wink last night », lorsque les choses commencèrent à se gâter. Jim était ivre. Il se mit à verser du champagne entre les seins de la blonde qui se tortillait, en débitant des obscénités. Jerzy se leva et le somma d'arrêter. Il ne comprenait pas et répétait : « What's wrong ? Something's wrong ? »

J'essayais de lui expliquer que la blonde n'était pas pour lui, qu'il ne pouvait pas jouer avec, mais il n'était plus capable de m'entendre.

Jerzy lui saisit le poignet. Il bascula sur la table, se redressa, visa de son poing le visage de Jerzy, le rata, s'écroula, entraînant dans sa chute la nappe rouge, dans un bruit de verres cassés... Un maître d'hôtel se précipita. La blonde hurlait. Fichue soirée.

Mais aussi, qu'est-ce que j'étais venue

faire sur le terrain de Jerzy ? C'est ce qu'il me dit sèchement, quand les videurs eurent embarqué Jim dans un taxi, suivi de la blonde qui ne voulait plus le quitter.

— Qui est-ce ?

— Une amie.

— Elle a mauvais genre.

Je n'avais pas pu me retenir.

— Qu'est-ce que tu sais du genre des femmes pour en parler ?

— Bon. Je m'en vais.

— C'est ça, va-t'en.

Je partis, drapée dans ma dignité.

Huit jours passèrent, Jim avait quitté Paris, j'étais à demi oisive en ce mois d'été et, sans nouvelles de Jerzy, je me torturais. Mais quoi ! je n'allais pas m'excuser parce que, à peine avais-je le dos tourné, il sortait des blondes ! Je fis tout ce que l'on fait dans ces cas-là, des rangements dans mes placards, des appels à des amis négligés depuis longtemps pour qu'ils m'invitent à dîner, je m'en fus même, honte sur moi, consulter une cartomancienne. Elle me dit qu'un homme de loi allait jouer un grand rôle dans ma vie. Merci bien. Je le savais. Le soir où je me retrouvai seule pour assister à cet événement inouï, le premier homme sur la lune, je faillis pleurer.

Dix fois, je fus près de céder, de former le numéro de Jerzy. Dix fois je résistai.

À la fin, c'est Albert qui m'appela.

— À quoi jouez-vous tous les deux? Ce n'est pas assez compliqué la vie? Venez demain soir, il sera là. Vous viendrez?

Quand j'arrivai chez Albert je tremblais. Physiquement, je tremblais. D'émotion, d'angoisse, de désir, de peur aussi. Peur que cette fois quelque chose

Mon très cher amour...

d'irrémédiable ne se passe entre nous qui
nous sépare à jamais.

Jerzy était assis près du piano. Il prit
ma main, l'embrassa, la retourna et fei-
gnant de la déchiffrer dit : « Orgueilleuse,
froide, et vindicative aussi. J'avais oublié
vindicative. Bonsoir, vous dansez, madame ? »

Il me prit dans ses bras. Albert jouait :
« Say it is'nt so... » Il n'y avait rien à
ajouter.

Ainsi s'acheva ma première querelle
avec Jerzy, sans gagnant ni perdant.

À la rentrée, nous fûmes tous les deux
accablés de travail, heureux de reprendre
notre respiration pendant les week-ends
que nous passions parfois en Normandie.

Je jouais au golf, mais cela rendait Jerzy
si malheureux que j'avais renoncé à lui

imposer mes exhibitions. Il refusait de toucher un club comme s'il s'agissait du symbole même du capitalisme triomphant.

Nous marchions longuement sur des plages grises, balayées par le vent, et il parlait. Après tout, c'était son sport d'élection.

Albert mis à part, nous avions peu d'amis, plutôt des relations de travail. J'avais écarté l'un de mes plus anciens camarades de faculté, Alain S., qui jugeait Jerzy « insupportable ». En règle générale, il irritait les hommes de son âge à la mesure de l'indulgence qu'il rencontrait chez les femmes.

Jerzy était obsédé, maintenant, par le cas de Christine T. dont il préparait la défense et qu'il voyait régulièrement. Il la décrivait sereine, et comme soulagée par son geste, ne cherchant aucune justification sinon dans sa douleur, prisonnière docile n'espérant rien de la justice des hommes ni d'ailleurs de la justice de Dieu.

Ce qu'il attendait de moi, quand il m'en parlait, c'était une plongée dans la psychologie d'une femme déchirée par la jalousie, des éléments sur la nature de sa souffrance. Il voulait savoir quelle part il fallait faire à l'humiliation, à la perte de l'estime de soi.

— Pour la jalousie, lui disais-je, relis Proust. Tout y est.

— Peut-être. Mais c'est un homme. Je veux entrer dans la tête d'une femme... Proust n'a pas tué. Comment en arrive-t-on à supprimer l'objet même de son amour ?

— Elle n'est pas la première.

— Elle est la première dans ce milieu, avec cette éducation. On aurait mieux compris qu'elle tue sa rivale, celle qui lui a enlevé son amant.

— Ah ! non !

— Pourquoi non ? Explique.

Nous épiloguions inlassablement sur la malheureuse Christine T. pour trouver ce qui nourrirait sa défense.

— C'est la cruauté de son amant que tu dois explorer, lui disais-je. Si elle a une excuse elle est là. Dans sa conduite à lui.

— Elle dit : « Il m'a crucifiée... »

— Tu vois ! Fais-la parler sur ce thème... Crucifiée comment ? Il y a peut-être des témoins...

Jerzy avait rencontré les parents de sa cliente. Des monstres. Grande famille du Nord imbue de son importance, père arrogant, glacé, mère éplorée insistant pour qu'il plaide l'irresponsabilité, la débilité mentale, fournissant des preuves de sa prétendue fragilité psychique. « Elle a toujours été anormale, disait la mère. Qui peut le savoir mieux que moi ? » Ils s'arrangeraient, à la rigueur, d'une fille folle — « on la mettra dans une bonne institution » —, ils ne supportaient pas qu'elle fût criminelle.

— Ton impression... Elle est déséquilibrée ?

— Mon impression : pas du tout. Mais les impressions, dans ce domaine... En tout cas, les psychiatres de service sont formels, malgré les pressions des parents qui ont demandé une nouvelle expertise. Elle est entièrement responsable de ses actes et ne donne aucun signe de fragilité particulière.

— Alors, qu'est-ce que tu vas plaider ?

— Je ne sais pas encore. Je cherche.

Nous cherchions.

Ensemble, nous étions heureux autant que peuvent l'être un homme angoissé et une femme éprise. Quand allais-je perdre Jerzy ? Car il était évident que j'allais le perdre, que la différence d'âge entre nous, insensible aujourd'hui, allait ronger notre couple. J'avais le temps d'y penser ? Sans doute. Aussi bien, je n'y pensais pas sans cesse. Mais de temps en temps et de façon fulgurante. Surtout quand je voyais Jerzy avec des enfants.

Sur les plages que nous arpentions, il y en avait parfois. Alors, il jouait avec eux au ballon. Le ballon, il était fort. Il avait tant joué dans la rue... Les gosses étaient ravis. Il avait envie d'avoir un enfant, c'était clair.

Eh bien, ce qui arriverait arriverait. En tout cas, je saurais m'effacer. Oui, de cela j'étais sûre. Le jour lointain où je cesserais d'être l'objet premier de son désir, je saurais m'effacer.

Je le lui dis un jour en riant :

— Ne compte pas sur moi pour te tirer une balle dans la tempe.

— Oh ! je sais, dit-il, tu ne m'aimes pas assez.

Il me semblait au contraire que je l'aimais de plus en plus.

Il avait accepté que je lui offre deux costumes chez un bon tailleur, quelques chemises bien coupées, des babioles...

— Mazette ! avait dit Albert. Elle ne se moque pas de toi ta copine.

Non, je ne me moquais pas de lui. Je n'étais pas ce qui s'appelle riche mais je gagnais bien ma vie et ma mère m'avait laissé quelques revenus, mon appartement, de beaux meubles, une maison de famille que j'avais vendue. Je ne lésais personne en gâtant parfois Jerzy qui se laissait faire avec simplicité. J'aimais qu'il eût cette intelligence.

Mais quand je voulus lui offrir une voiture, il refusa, prétextant qu'il n'en avait aucun besoin. D'ailleurs, il ne savait pas conduire.

Mon très cher amour...

Pour célébrer les trente-trois ans de Jerzy, j'avais formé le projet de faire une petite fête. D'abord il renâcla.

— Trente-trois ans, dit-il, c'est l'âge où l'on meurt, comme le Christ ou Mozart, quand on a un destin...

— Mozart, c'est trente-cinq...

— Tu crois ? Bon. Alors j'ai encore deux ans.

Pour une raison quelconque, peut-être la disparition précoce de ses parents, Jerzy s'était persuadé qu'il mourrait jeune et me jouait cette comédie à chaque crise de mélancolie. Au début, je m'étais inquiétée mais peu à peu j'y étais devenue insensible. « Mourir jeune » faisait partie de ses fantasmes.

— En attendant, dis-je, qui veux-tu que j'invite ?

Il égrena quelques noms, Albert bien

sûr, V. mon auteur torturé, G. un jeune confrère avec lequel il s'était lié d'amitié...

— Et des femmes, je veux des femmes.

— V. et G. amèneront leur compagne.

— N'emploie pas ce mot affreux, compagne. Autrefois, on disait sa maîtresse, son amant. C'était joli, évocateur, ma maîtresse... Compagne, compagnon, ça fait usine.

— Bien mon cher amant. J'aurai aussi pour toi une surprise.

— Qui ça ?

— Iris.

— Enfin !

Iris est mon amie de toujours. En fait la seule dont la vie ne m'a pas séparée. Rousse comme le feu, belle comme un ange, elle a été la lumière de mon adolescence, le modèle que je rêvais d'égaler du temps que nous étions, ensemble, élèves d'une pension catholique, où elle ne cessait de semer le trouble par ses audaces alors que moi, si sage, je tremblais d'avoir à rapporter une mauvaise note à mon père.

Iris était, elle, une force de la nature, impétueuse, généreuse, réfractaire à la discipline, aux conventions, à tout ce que les bonnes sœurs tentaient de nous inculquer. Autant j'étais malléable, autant elle opposait à toutes les tentatives de dressage une santé magnifique.

Il faut dire que ses parents avaient été de grands résistants et qu'en somme, elle les imitait tout simplement, à son échelle.

Ma mère désapprouvait mes relations avec Iris et cherchait à m'en séparer. Mais un jour où on voulut m'interdire de la voir, je déclarai que dans ce cas, je tomberais malade avec l'espoir d'en mourir. Et une grosse fièvre se déclara. Ma mère céda, affolée. Je fus assez fière de moi.

Mon très cher amour...

Jeunes filles, notre amitié ne subit aucune éclipse. Nous faisions les mêmes études, nous dansions avec les mêmes garçons dans les mêmes bals, moi réservée, Iris hardie, nous nourrissions les mêmes rêveries romanesques — un jour mon Prince viendra —, nous étions inséparables.

Survint le scandale sous les traits d'un ami des parents d'Iris. Un journaliste anglais élégant, quadragénaire... et marié. Il avait connu Iris enfant, il la redécouvrit jeune fille et fut ébloui. Quant à elle, avec toute la fougue dont elle était capable, elle eut la certitude qu'il s'agissait de l'homme de sa vie et devint sa maîtresse sur l'heure.

Elle avait des parents capables de comprendre bien des choses mais pas tout cependant. Un homme marié ! Avec vingt ans de plus qu'elle ! Ils crurent s'évanouir. Reproches, admonestations, supplications, rien n'y fit. Iris se montra irréductible.

Sa mère me demanda d'user de mon influence. C'était mal connaître nos relations. L'influence n'était pas de mon côté. De surcroît, j'étais fascinée par cet amour violent comme un orage qui emportait Iris et Ronald, son bel amant anglais.

Après une scène vive avec le père d'Iris, Ronald est reparti pour Londres. Tout le monde a cru que l'affaire était classée, sauf moi. Je savais qu'Iris était indomptable. Huit jours plus tard elle s'enfuyait pour le rejoindre comme ils en étaient convenus.

La suite est moins romantique. Le père d'Iris lui a coupé les vivres. Ronald a essayé en vain d'obtenir le divorce que sa femme lui refusait. Ils ont vécu ensemble dans des conditions difficiles à tous égards, couple irrégulier, hostilité générale, problèmes d'argent... Ronald a fini, naturellement, par rentrer chez sa femme. Classique. Les parents d'Iris lui ont ouvert les bras. Elle ne s'y est pas réfugiée.

Elle était à Londres, elle y est restée, faisant tous les métiers. Elle a même été mannequin modèle pour les photographes. Un grand antiquaire de Londres l'a vue dans *Vogue*. Il est tombé fou d'amour. Elle a vécu quelques années avec lui. Il est mort en lui laissant son fonds. Elle ne s'est jamais mariée. Elle a adopté deux petits enfants de couleur qui ont fait un certain effet quand elle les a amenés à Lyon pour que ses parents les connaissent.

Je n'ai jamais cessé de la voir, à Paris quand elle y passe, à Londres quand j'y vais. Quand j'ai quitté Pierre, elle m'a envoyé un télégramme de félicitations. Les seules que j'aie reçues ! Ensuite, pendant la période où je me suis dévergondée, elle m'a morigénée.

— Les femmes ne sont pas faites pour collectionner les hommes, disait-elle, ça les démoralise.

Et elle a eu des mots cruels pour juger

mes partenaires d'un moment quand j'ai eu la faiblesse de les lui montrer.

Voilà qui est Iris.

Elle était de passage à Paris pour assister à une grosse vente de meubles anciens. J'avais hâte de lui présenter Jerzy.

Le soir de notre fête, elle fut d'abord froide comme un boa. Séductrice avec mes invités, buvant sec avec Albert, félicitant V., aux anges, pour son dernier livre, écoutant attentivement G., volontiers bavard, mais gardant avec Jerzy ses distances.

Je les observais, inquiète. Lui aussi tenait ses distances, cérémonieux, réservant ses attentions aux deux jeunes femmes présentes. Et puis soudain, l'étincelle que j'attendais jaillit. À propos d'un film de Godard, je m'en souviens. Jerzy

l'adorait, Iris aussi, les autres répétaient :
« Je n'y comprends rien... »

S'adressant à Iris, Jerzy entreprit alors
l'un de ces numéros dont il avait le secret,
par quoi il avait ensorcelé Isabelle, ma
secrétaire, qui l'adorait, comme Adèle la
femme qui tenait ma maison et qui avait
pour lui toutes les indulgences quel que
soit l'état où il laissait la salle de bains.

Pendant une demi-heure, il tint Iris
sous le charme, la fit rire, l'attendrit,
l'apitoya sur le sort de Godard et acces-
soirement sur le sien, pauvres incompris,
la captiva. Albert jubilait. V. luttait,
agacé, contre son plaisir.

Quand Jerzy céda enfin la parole à G.
qui entendait plaider à son tour, contre
Godard cette fois, je sus qu'il avait gagné
le cœur d'Iris. En repartant elle me dit :
« Celui-là, il me plaît, garde-le... Et puis,
il a besoin de toi. »

Ils se firent, avec Jerzy, des adieux
émus, jurant qu'ils se reverraient bientôt,

qu'ils avaient encore mille choses à se dire. Si j'avais été jalouse, j'aurais pensé, ma parole, qu'ils exagéraient un peu tous les deux. Mais je ne suis pas jalouse.

Les mois avaient filé lorsqu'un soir où nous étions chez moi, avant dîner, on sonna à la porte. Réaction habituelle de Jerzy terrifié. Je le calmai.

Quand une clé tourna dans la serrure, il devint blême.

C'était Pierre, massif comme autrefois.

Il s'excusa beaucoup de cette intrusion, dit que, passant par Paris, il avait besoin de me voir, qu'il n'avait pas réussi à me joindre au téléphone, et qu'il avait choisi ce moyen un peu cavalier de me saisir à domicile.

— Un peu cavalier en effet mais, bon... Qu'est-ce qu'il y a ?

Mon très cher amour...

Nous étions debout tous les trois, plantés au milieu de la pièce. Jerzy avait recouvré son calme. Pierre le regardait.

— Ainsi, dit-il, vous êtes Jerzy...

— Pour vous servir. Et vous êtes Pierre, je suppose.

— Absolument, dit Pierre qui ne ratait jamais une occasion d'employer un adverbe. Absolument. On peut s'asseoir ? Si tu me donnais quelque chose à boire, ce serait gentil.

— Je vais vous laisser, dit Jerzy.

Je l'accompagnai à la porte.

— Reviens, lui dis-je, reviens dans une demi-heure. Je l'aurai expédié.

— Bien élevé ce jeune homme, dit Pierre, bien élevé. Je n'aurais pas cru.

— Et qu'est-ce que tu croyais ?

— Je vais te le dire. Je suis ici pour ça. Il paraît que tu es devenue folle ? Que tu t'es entichée de ce garçon plus jeune que toi ? Que tu l'entretiens ? Tu as perdu la tête, ou quoi ?

Ainsi, c'était cela.

Comment pouvait-il se donner ce ridicule sans rire ? Cet homme dont j'étais divorcée, cet étranger qui, de son côté, menait une vie de bâton de chaise comme il arrive autour de cinquante ans quand on aime la chair fraîche venait me délivrer une leçon de conduite ! Et au nom de quoi ?

— Tu as été ma femme. Parfaitement. Tu as porté mon nom. Tu n'as pas le droit de l'oublier.

Justement, je l'avais oublié et je m'en trouvais bien. Cette scène était grotesque. N'en avait-il pas conscience ?

Il me fallut un peu de temps pour comprendre ce qu'elle cachait. La solitude de Pierre au milieu de ses succès professionnels, le vague espoir un instant caressé que nous pourrions reprendre une vie commune... Quand il se mit à évoquer les bons souvenirs du passé, j'eus comme une nausée.

Mon très cher amour...

Sans doute, ce passé n'avait pas été que scènes et que rage, loin de là. Je l'avais aimé, Pierre, dans ma chair, avec ses grandes mains agiles de chirurgien, sa carrure de joueur de rugby, ses principes, ses adverbes et son souci de respectabilité, mais la psychologie féminine n'était pas son affaire. Ignorait-il qu'une femme qui a cessé d'aimer efface purement et simplement de sa mémoire celui qui fut l'objet de son amour ? Qu'elle l'abolit ? Eh bien, j'allais donc le lui apprendre. L'obstacle à nos retrouvailles, ce n'était pas Jerzy, c'était mon indifférence. Une indifférence minérale.

Je fus cruelle, et le regrettai. Pierre n'était pas méprisable. Il était sot.

Quand j'eus fini de lui assener quelques vérités, il dit seulement :

— Bon. Je me suis trompé.

Et il se leva lourdement.

— Mais je maintiens qu'en ce qui

concerne ce garçon, tu es complètement folle...

— Peut-être.

— Pense au moins à ton père si jamais il apprend...

Comme il allait partir je réclamai :

— La clé... Rends-moi ma clé.

Il s'exécuta. Et tourna les talons.

Cette nuit-là, rentrant à Lyon, Pierre s'est tué au volant de sa voiture. Il avait beaucoup bu.

— Tu vois que tu peux tuer ? me dit Jerzy.

Ce fut sa seule oraison funèbre.

Par décence, je me rendis à l'enterrement. Mon ex-belle-famille, au grand complet, femmes drapées dans leurs voiles de deuil, me salua froidement tout en chuchotant. À l'église, celle où je m'étais mariée, on me fit asseoir dans les derniers rangs. Une rumeur sourde m'avertit. Ma mauvaise réputation avait franchi les limites de la capitale.

Je décidai d'aller voir mon père, craignant qu'il n'eût été alerté.

C'était un très vieil homme maintenant. Mais il se tenait droit, dans l'appartement qu'il avait toujours habité, au milieu de ses livres.

En me voyant, il eut les larmes aux yeux et, comme toujours devant lui, je me sentis coupable.

Nous n'avions jamais eu grand-chose à nous dire. Il ordonnait, j'obéissais, il n'avait jamais eu à me reprocher que des peccadilles, durement sanctionnées, jusqu'au jour où j'avais décidé de divorcer. Sa stupeur, son incrédulité...

N'eût été ma mère, je crois qu'il m'aurait chassée.

Elle ne m'approuvait pas, certes, mais elle comprenait, et cela en disait long sur la tyrannie qu'elle avait elle-même endurée pendant trente ans. Elle disait : « Des femmes heureuses, tu sais, ça n'existe pas... Ce n'est pas notre lot. »

Soudain, il ne s'agissait plus de mes parents mais d'un couple que j'observais comme des étrangers et dont je pénétrais la vérité.

Hors de la présence de mon père, elle fut bonne avec moi, indulgente, me suppliant seulement de penser à moi, de me protéger... Une femme seule, quelle horreur ! Elle ne comprenait pas le métier que je faisais.

— Ah bon, tu t'occupes de livres...

Les livres, ça la rassurait. C'était un métier propre.

Mon père fut irréductible. On ne divorce pas, un point c'est tout. Il croyait

pouvoir encore m'impressionner, comme
lorsqu'il me disait autrefois : « Ça ne se
fait pas, un point c'est tout. » Mais j'étais
devenue une autre, j'étais sortie de ma
coquille, je lui avais échappé, il le sentait
et il enrageait.

Ce jour-là, nous nous sommes quittés
sur un éclat. Je ne l'avais jamais revu, sauf
brièvement à l'enterrement de ma mère, et
maintenant j'étais en face de lui, tout
frêle, comme transparent, si vieux, si
vieux...

Un instant, j'en fus bouleversée.

— Tu viens me voir pour quoi ? dit-il.

— Pour rien. Pour te dire bonjour.
Pour que tu saches que je vais bien, et que
souvent, je pense à toi...

— Ma petite fille...

Il ne m'avait jamais appelée ainsi. Alors
je compris qu'il était au bout de sa vie. Il
se mit à évoquer des souvenirs de mon
enfance : « Tu te rappelles, le jour de tes
dix ans.. Et ce chien que tu aimais tant et

que je t'ai interdit de garder... », et ceci et cela.

Manifestement il ne savait rien de mon existence, il vivait dans le passé.

Je restai une heure avec lui, et puis je le quittai en pensant que je ne le reverrais pas, qu'il allait s'éteindre comme une bougie usée et que, tout de même, c'était mon père...

Quand je me levai pour partir il demanda :

— Tu reviendras ?

Je promis. Il est mort le lendemain.

Quand je racontai cette visite à Jerzy, il me dit :

— Tu es trop normale pour moi.

— Comment ça, normale ?

— Un père, une mère, une tombe où ils sont enterrés... Un lieu où tu peux te recueillir... Moi, tout ce qui me reste de mes parents, c'est cette image fugitive aperçue par le trou d'une serrure... Je n'ai même pas une photo... Je ne suis le fils de personne, tu comprends ? De fantômes...

Mais d'une pirouette, il se ressaisit :

— Et le bouquet, c'est que tu vas hériter ! Je baise une héritière !

Il entretenait avec l'argent des rapports complexes. Les grandes fortunes le fascinaient comme des signes d'on ne sait quelle aristocratie. Les petites le hérissaient, expression de l'ordre bourgeois qu'il exécrait. Ce qu'il aimait, c'était l'argent de poche, celui que l'on fourre dans la poche de sa veste sans même en connaître le montant, et qui s'enfuit en vous glissant entre les mains.

Mon très cher amour...

La France de 1974 où nous étions alors se trouvait en pleine campagne électorale, Giscard contre Mitterrand, et le tranchant de son parti pris empêchait que l'on eût la moindre discussion avec lui sur le sujet.

Je n'avais pas la tête politique. Jusquelà, j'avais toujours voté comme mon père, comme mon mari, par indolence plutôt que par conviction. Jerzy entreprit de faire mon éducation.

Il disait :

— Moi, j'étais de gauche dans le ventre de ma mère. Mais toi, tu as du chemin à faire, ma pauvre...

Je comprenais ce qu'il voulait dire, les raisons de sa sensibilité particulière. Surtout, je détestais la morgue, le conformisme, la sécheresse de cœur que j'avais connus dans mon milieu. Je fis le chemin sans difficulté. Giscard, Mitterrand, cela m'était, au fond, assez indifférent. J'étais du parti de Jerzy. Même si sa vision de la gauche et de la droite me paraissait quelque peu manichéenne, je préférais me tromper avec lui que contre lui.

Après la mort de mon père, je dus passer quelques jours à Lyon pour régler une série de problèmes matériels. Quand je rentrai, Jerzy me dit :

— La prochaine fois que tu m'abandonnes, je te préviens que tu ne me retrouveras pas.

— Et où seras-tu ?

— Chez une blonde.

— Pourquoi une blonde ?

— Pour changer.

— Tu as envie de changer ?

— Non. Et toi ?

— Pas encore.

— Alors, on continue.

— On continue.

On a continué.

Puis vint le dîner chez Mollard, son patron.

Grand dîner, cristaux, argenterie, dix personnes triées sur le volet, femmes sapées, une ou deux jolies, hommes briqués en costume sombre, bonne peinture au mur — Mollard était l'avocat d'un grand peintre —, service irréprochable, chère raffinée, vins choisis...

Mollard recevait beaucoup et se piquait d'avoir à sa table la fleur de la société parisienne, toujours truffée d'un ou deux artistes, pour la pimenter. Mais pas n'importe lesquels. Du haut de gamme, propre sur lui, voire même orné d'un ruban rouge, un malheur est si vite arrivé...

Ce soir-là, un directeur de journal, un marchand de tableaux, un professeur de médecine se donnaient la réplique, non sans verve d'ailleurs, cette verve parisienne faite de petites cruautés égrenées aux dépens des absents.

Mon très cher amour...

Nous n'avions jamais été invités à l'un de ces dîners, je soupçonnai que Mollard souhaitait surtout faire ma connaissance, et j'avais mis à me parer un soin particulier. Robe noire, toujours — l'élégance est toujours noire —, décolleté vertigineux, un seul bijou, discret, je me sentais au mieux de ma forme. Jerzy en revanche était nerveux. Mais Mollard fit des présentations qui le détendirent : « Mon principal collaborateur... Quelqu'un dont vous entendrez parler... C'est lui qui va défendre Christine T... »

Aussitôt les femmes l'assaillirent, fascinées qu'elles étaient par l'histoire de l'amante criminelle.

Mme Mollard, blonde qui fut belle, habillée comme un fauteuil par son couturier, avait connu autrefois Christine T. et gloussait : « La pauvre enfant... La pauvre enfant... » Les autres s'imaginaient toutes en héroïne de la tragédie et frissonnaient... Jerzy les mit tout de suite sous sa coupe. À table, nous étions loin l'un de l'autre mais je voyais qu'il avait monopolisé l'attention du plus grand nombre.

De mon côté, je donnai vaillamment la réplique à mon voisin de gauche, le médecin, qui allait de calembour en calembour et me disait : « Je suis comme Cottard, je suis le Cottard de Mollard... Ah ! ah ! ah ! Vous connaissez Cottard, madame ? Proust, ha ! », tandis que mon voisin de droite m'entretenait de son voyage en Chine.

Mollard raconta avec brio quelques-unes de ces anecdotes extraordinaires que tous les avocats ont à leur répertoire, tout allait pour le mieux dans le meilleur des dîners possible.

Au café, la conversation devint générale, et une fois encore, Christine T. vint sur le tapis.

— Comment est-elle, la pauvre enfant ? demanda Mme Mollard. Très abîmée ? Elle était si belle.

— Elle l'est toujours, dit Jerzy. Je dirais même qu'elle est sublime.

— Naturellement, dit Mollard, vous allez plaider l'irresponsabilité. Et je vous fais confiance, on vous l'accordera.

— Non, dit Jerzy. Je veux l'acquittement.

Mollard eut un haut-le-corps.

— Nous en reparlerons, dit-il sèchement. Nous en reparlerons.

Et, s'adressant à moi, paternel :

— Ah ! ces jeunes gens, ils ne doutent de rien...

Il ne restait plus qu'à parler des prochaines élections. Je pris la main de Jerzy et le conjurai, tout bas, de se taire. À quoi bon dresser contre lui toute cette assemblée pour qui, manifestement, Mitterrand était le diable ? Il m'obéit.

Nous allions partir. Mollard me dit :

— Jerzy a de la chance de vous avoir rencontrée. Vous l'avez transformé.

Je le remerciai.

— Calmez-le si vous pouvez. Il ne doute de rien.

— Surtout pas de lui ! dis-je en riant. Mais n'est-ce pas nécessaire à un bon avocat ?

Il rit à son tour.

Je vis à ma stupeur que Jerzy saluait les femmes en leur baisant la main. Elles l'avaient apprivoisé, mon ours.

J'avais hâte de raconter la scène à Albert pour que nous nous moquions ensemble de Jerzy en homme du monde.

Mais il me fallut bien convenir avec moi-même que j'avais surtout retenu de ce dîner une phrase : elle est sublime. Et le ton sur lequel Jerzy l'avait prononcée.

Ce soir-là, en rentrant — Jerzy habitait chez moi maintenant —, je me dérobai à son étreinte.

Mon très cher amour...

— Qu'est-ce que tu as ? dit-il. Tu étais
si belle ce soir...

Je faillis dire :

— J'étais sublime ?

Mais la phrase me resta sur les lèvres. Je
dis seulement :

— Laisse. Je suis fatiguée.

Il me regarda, intrigué. Puis éteignit.

Je restai longtemps éveillée dans la
pénombre bleue.

La trêve de Noël approchait. Je cherchais quel cadeau faire à Jerzy. Il dit :

— Un voyage. J'ai envie de faire un
grand voyage.

— Partons. Où ça ?

Il n'avait jamais mis les pieds hors de
France. Nous avions l'embarras du choix.

Il revint un soir avec une mappemonde
sur laquelle il se mit à rêver.

J'avais beaucoup voyagé autrefois avec Pierre, de colloque en colloque, et j'essayais d'aiguiller ces rêves. L'Amérique ? Il faut que tu connaisses l'Amérique. Non. L'Inde ? Ça me fait peur. Le Japon ? Il y a trop de Japonais. L'Australie ? C'est trop loin. La Chine ? C'est trop grand. Le Mexique ?... Heu... Le Mexique, peut-être... La Grèce ? Ce n'est pas la saison... On ira en été. Venise ? C'est plein de touristes... Impossible de lui arracher une décision. Il voulait aller partout et nulle part.

Quand il eut fait le tour du monde en imagination, je lui dis :

— Je ne peux tout de même pas te proposer la Suisse !

— Pourquoi pas ? C'est beau la Suisse. C'est blanc, c'est propre, il y a du chocolat...

— Mais tu ne fais pas de ski !

— J'apprendrai.

Et nous nous sommes retrouvés à

Gstaad. C'était beau, c'était même splendide, c'était propre et il y avait du chocolat. Il y avait aussi de ravissantes skieuses que Jerzy dévisageait effrontément. Et puis il y avait le professeur de ski, et là ce fut le martyre. Non que Jerzy fût maladroit, loin de là, mais le ski exige davantage que des dispositions. Cent fois je l'ai vu tomber, se relever, tomber, se relever. Il serrait les dents, obstiné, acharné, finissait sa leçon, épuisé ; un martyr.

J'étais désolée de l'avoir entraîné dans cette aventure, mais il ne boudait pas, au contraire. Il lisait, il musardait au soleil, il jouait avec les enfants dont l'aisance, sur la neige, le fascinait.

— Tu les mets sur des skis, ils s'envolent. Tu me mets sur des skis, je me casse la gueule. Ce n'est pas juste !

— Rien n'est juste, Jerzy.

Il avait tout de même fait quelques progrès, et jurait qu'il y avait pris goût.

Il me semblait que, pour la première

fois, il avait consenti à s'extraire de son univers d'enfant pauvre.

Nous étions sur le point de rentrer lorsqu'un télégramme nous atteignit. C'était Albert. Mamette, la mère adoptive de Jerzy, s'était cassé le col du fémur.

Tout de suite, il fut aux cent coups. Cette jambe cassée lui était comme un reproche, comme si Mamette s'était substituée à lui pour lui épargner cela, aussi.

Je ne connaissais pas Mamette ou à peine. Une fois, une seule fois il m'avait emmenée chez elle et j'avais vu, dans un pauvre logement, une vieille femme au doux visage usé, qui le regardait avec adoration.

Elle m'avait montré des photos, Jerzy au milieu de sa classe, Jerzy le jour de sa première communion ; Jerzy dans sa robe d'avocat...

— J'en ai fait un petit chrétien à cause de sa mère, mais plus tard il me l'a reproché. Ah ! il n'est pas commode, vous verrez... C'est là qu'il couchait, sur un lit-cage. Le matin, on le repliait pour que je puisse recevoir mes clientes... Là, c'est la table où il faisait ses devoirs... Le bruit de ma machine à coudre le dérangeait... Mais il fallait bien, n'est-ce pas ?

« Pendant quinze ans il ne m'a pas quittée. Il n'est même pas sorti du quartier, sauf une fois, peut-être, pour aller au cirque un jour de Noël... Ses copains, c'était les gosses de la rue... Albert... Une fameuse bande. Quand il m'a fait sa diphtérie, j'ai cru le perdre... J'étais comme folle... Mais on l'a sauvé. Après il a grandi d'un coup, comme une asperge... Mais je vous embête avec ces histoires.

Mon très cher amour...

— Pardonne-moi, dit Jerzy en partant.
Elle t'a rasée. Mais elle voulait te voir, tu
comprends ? Albert lui avait parlé de
toi.

Albert venait la voir régulièrement.

Je suggérai qu'on trouve à Mamette un
logement plus agréable, dans un meilleur
quartier.

— Si elle déménage, elle meurt, dit
Jerzy. Il y a quarante ans qu'elle habite là.
C'est sa patrie.

— On pourrait au moins lui installer le
téléphone...

Elle avait accepté le téléphone mais ne
s'en servait jamais pour appeler.

Mon très cher amour...

Albert l'avait fait transporter à l'hôpital avec sa jambe cassée. J'avais gardé quelques relations dans le milieu médical. Je fis le nécessaire pour qu'elle soit prise en charge dans les meilleures conditions possible, puis pour qu'elle ait une garde auprès d'elle jusqu'à ce qu'elle retrouve l'usage de sa jambe. Mais elle s'en débarrassa le plus vite qu'elle put. Intraitable Mamette, affolée par ce que « tout ça va coûter et Jerzy n'est pas riche, vous savez, il ne vous le dit pas parce qu'il est fier, mais il n'est pas riche... »

Enfin, tout rentra dans l'ordre. Simplement, Mamette téléphonait maintenant tous les jours pour donner de ses nouvelles. L'anxiété de Jerzy s'était apaisée. Il put de nouveau se concentrer sur son fameux dossier.

De mon côté, je me tourmentais pour Albert. Il vivait plus ou moins avec une femme gentille, plus âgée que lui, qui supportait avec fatalisme ses humeurs d'ivrogne. Jerzy la connaissait mais Albert ne la montrait jamais. Je les avais aperçus, un jour, dans la rue, il avait feint de ne pas me voir. Quand on prononçait son nom, Mado, il disait : « Connais pas de Mado. » Mais je savais que la nuit, quand il rentrait bourré, c'est chez elle qu'il se réfugiait.

Or un soir, dans la boîte où il se produisait, Albert eut l'idée saugrenue de s'agenouiller devant une cliente, une jeune femme, de la déchausser et de verser du champagne dans son bottillon pour le boire : « À la russe, criait-il, à la russe ! Je suis à vos pieds, beauté ! »

Elle prit la chose en riant mais celui qui l'accompagnait, éméché lui aussi, sortit de ses gonds. Il exigea qu'Albert fût expulsé sur l'heure. C'était un gros client, régulier. Le patron glissa à Albert : « Fous le camp... Je ne veux pas te revoir avant que tu sois désintoxiqué... Allez, fous-moi le camp ! »

Il est à peine minuit. Albert déstabilisé, ahuri par ce qui lui arrive, court chez Mado. Il ne rentrait jamais chez elle, quand il rentrait, avant trois heures du matin. Il trouve la maison vide.

Alors, systématiquement, minutieusement, il commence à casser tout ce qui lui tombe sous la main. Les objets, la vaisselle, les lampes... Il donne des coups de ciseaux dans les vêtements, dans les draps. Puis il s'effondre sur le lit.

Quand Mado rentre et trouve son appartement saccagé, c'est plus qu'elle n'en peut supporter. Des années de patience et d'amour font place à une crise de nerfs où, pour la première fois, elle injurie Albert et le somme de disparaître à jamais de sa vue.

Comme il traîne, elle le jette littéralement sur le palier et le fait rouler dans l'escalier. La chute le dégrise. Désespéré, honteux, il s'accroche à sa dernière planche de secours : Jerzy. Et c'est ainsi que nous l'avons vu arriver, au milieu de la nuit, hagard, demandant asile.

Il fallut plusieurs heures pour que Jerzy lui arrache un récit à peu près cohérent de ce qui s'était passé. Après quoi il tomba comme une masse.

Je voulus aller voir Mado.

— Ne t'en mêle pas, dit Jerzy, il ne le supportera pas.

— Mais pourquoi ?

— C'est une ancienne prostituée.

— Et alors ?

— Alors, il en a honte.

— C'est de lui qu'il devrait avoir honte... C'est une sainte, cette femme !

Je courus chez Mado. Sa colère était tombée, elle pleurait avec de grosses larmes d'enfant qui coulaient sur des joues encore belles, elle était humble et pathétique. J'avais craint qu'elle ne me jette dehors mais du fond de son désespoir elle appelait Albert, son cher ivrogne, et s'accusait : tout était de sa faute, elle l'avait laissé seul et Dieu sait ce qu'il avait imaginé en ne la trouvant pas au nid... Qu'il revienne, surtout, qu'il revienne...

Le plus dur restait à faire : convaincre le patron de la boîte qu'Albert était irremplaçable. Certes, il y avait d'autres établissements à Paris où il aurait pu s'employer. Mais là, c'était sa niche, il voulait rentrer dans sa niche.

— Je l'aime beaucoup cet olibrius, dit le patron, et mes clients l'aiment aussi. Mais là il a exagéré...

C'est Jerzy qui plaida pour Albert, comme il savait plaider. Il obtint sa grâce à condition que l'olibrius commence une cure de désintoxication.

Albert promit tout ce qu'on lui demandait.

Il a réintégré la boîte.

Mon très cher amour...

Il s'est mis à l'eau minérale. Il s'est tenu sage pendant quelques jours. Et puis il a dit :

« Je vais crever... » Et, doucement, il a recommencé. J'ai vu Mado. Elle m'a dit : « Laissez-le tranquille, il n'a pas besoin d'une sœur de charité... » Bêtement, ça m'a blessée.

Comment je me suis retrouvée un jour à la Bibliothèque nationale, au département des périodiques, mue par quel impérieuse nécessité, je ne sais pas.

J'ai demandé à consulter les collections de *Match* de l'année 72, et j'ai trouvé assez vite ce que je cherchais. La photo de la femme « sublime ». La photo de Christine T.

Lors du drame, le journal lui avait consacré plusieurs pages. On la voyait jouant avec son chien, à cheval dans un concours hippique, en robe du soir à une soirée de l'Élysée...

Elle était belle, indiscutablement, mais banale, me disais-je, banale. Une jolie femme de luxe comme il y en a pléthore dans un certain milieu.

Il avait dit « sublime » ? Une façon de parler. Allons, qu'avais-je donc imaginé ?

Je suis rentrée, furieuse contre moi-même, et résolue à m'enlever du cœur cette épine qui m'avait infectée. Il fallait que j'en parle avec Jerzy.

Ce soir-là, il rentrait, fatigué, de Grenoble où il avait plaidé une petite affaire. Je le trouvai triste, préoccupé.

— Des ennuis ?

— Non. Des petites choses. Rien.

— Si on allait au cinoche ? Il y a un bon film américain...

— Si tu veux.

Las ! c'était un drame de la jalousie. Jerzy me taquina sur mon sens de l'opportunité. N'avais-je rien trouvé d'autre pour le distraire ?

En dînant chez Lipp, j'attaquai.

— Figure-toi que j'ai vu aujourd'hui des photos de Christine T.

— Où cela ? Ça m'intéresse.

— Dans un vieux numéro de *Match*.

— Ah ! oui, je les connais.

— Elle est... Elle a de la classe !

— Oui ? Je ne sais pas.

— Tu la vois tous les jours ou presque...

— La classe, en prison, tu sais...

Il se débattait avec un mille-feuille.

— Écoute Jerzy... J'ai besoin que tu me parles d'elle.

— Je ne fais que ça, mon cœur.

— Non, que tu m'en parles autrement. Je la sens maintenant comme une présence permanente entre nous et en même temps elle m'échappe. Sur ces photos, je l'ai trouvée antipathique... Le genre de femme que je déteste...

106

Mon très cher amour...

— C'est le style des photos...

— J'ai besoin que tu me la rendes sympathique, Jerzy, tu comprends ? Pour la supporter. Sinon, je vais me mettre à la haïr... À te haïr d'en être si exclusivement préoccupé...

— Je joue ma carrière, dit-il. Il y a de quoi être préoccupé. Mais soit. Après-demain, c'est dimanche, nous aurons le temps. Je te raconterai la véritable histoire de Christine T. Maintenant, je voudrais un café...

Et le dimanche, il raconta.

« Christine, me dit-il, n'est pas la fille de son père mais d'un amant fugitif de sa mère.

« Elle l'a appris très tard, et par hasard. Secret de famille enfoui au plus profond. C'est une vieille servante qui a mangé le morceau sur son lit de mort. Mais toutes ses recherches pour tenter de savoir qui était cet homme sont restées vaines. Sa mère lui a opposé un silence outragé.

« Dès sa naissance, elle a été rejetée par son père officiel qui choyait ses autres enfants, et se montrait avec elle d'une injustice constante. La mère coupable n'osait rien dire. Tout ce que le père ne pouvait pas reprocher ouvertement à sa femme, le fruit de la faute, le fruit de la trahison, il le reprochait à sa fille qui en était d'ailleurs le portrait.

« Elle a vécu son enfance dans un sentiment de culpabilité permanent et de discrimination de la part de ce père. Tout cela sous le couvert d'une grande famille présentant les signes extérieurs de l'har-monie et de la respectabilité.

« Pour échapper à ce cauchemar, elle a épousé le premier mari potentiel qui s'est présenté. Bonne situation, bonne famille, aucun problème apparent. Sinon qu'il

Mon très cher amour...

était homosexuel. Bien élevé, agréable,
mais homosexuel et refusant d'assumer
cette disposition particulière. C'est-à-dire
malheureux et au-delà. Elle avait pitié de
lui. Il avait pitié d'elle. Mariage lamenta-
ble, teinté d'affection d'ailleurs de part et
d'autre. Il viendra témoigner au procès si
je le lui demande.

« Christine T. a vécu dix ans sans que,
pratiquement, son mari la touche sinon
pour lui faire deux enfants, qui ont
aujourd'hui dix-huit et dix-neuf ans.

« Donc, tu vois le tableau. Rejetée par
son père, rejetée d'une certaine façon par
son mari, niée comme fille, niée comme
femme.

« Arrive sur scène celui qui deviendra
l'Amant. Il est un peu plus jeune qu'elle, à
peine, et leur histoire commence par un
coup de foudre réciproque. Il est subju-
gué par sa beauté. Elle est fascinée par sa
force vitale. C'est un animal magnifique,
brillant de surcroît dans son métier. Il

travaille dans une grande entreprise industrielle. Le genre jeune loup aux dents longues. Ils vont vivre d'abord une aventure physique intense qui a pour elle valeur de révélation. Elle est transportée, emportée, arrachée à elle-même par la passion.

« Parce qu'elle est loyale, elle en fait l'aveu à son mari. Lui-même a enfin trouvé sa voie, si l'on peut dire, et il est tout indulgence. Se séparer ? On ne divorce guère sans répugnance dans leur milieu, et puis il y a les enfants, et puis leur mariage est une excellente couverture à ses propres mœurs.

« Il n'émet qu'un désir : que la liaison de Christine demeure rigoureusement clandestine, qu'elle veille strictement aux apparences. Elle en est d'accord. Et elle y veillera scrupuleusement. Jamais les amants ne s'accorderont un voyage, une sortie, une soirée au cinéma...

« L'appartement où ils se rencontrent

est situé dans un quartier excentrique. Elle s'y rend en taxi, dissimulée sous un foulard. Personne ne l'a jamais surprise. Seule sa femme de chambre a flairé la vérité, mais elle n'en a jamais rien dit.

« Cet amour de serre finit par devenir étouffant. Étouffant pour lui, en tout cas. La clandestinité a du piment mais jusqu'à un certain point. Il commence à regimber, lui reproche d'avoir honte de lui. Honte de lui, la pauvrette ! Exige de la voir tous les soirs où elle a des obligations, devient violent, vulgaire, tourne en dérision le mari complaisant dont elle refuse de se séparer pour les raisons que j'ai dites.

« Puis il se fait plus rare, prétexte des voyages d'affaires. Elle le rencontre un soir dans un dîner accompagné d'une femme qu'il courtise agressivement. Reproches, scènes, réconciliations, orages.

« Elle est aux cent coups, prête à cet instant à tout lui accorder, à s'afficher avec lui puisqu'il le désire, à bafouer son mari, à risquer le divorce. Elle parle d'avoir un enfant de lui, il exige qu'elle avorte. Elle cède. Elle est dans le creux de sa main. Elle prie. Elle supplie. Elle fera tout ce qu'il voudra.

« Mais le vrai est qu'après deux ans il est fatigué d'elle. Et ce n'est pas d'hier. Pour la détacher, il a la cruauté de le lui dire. Quand elle évoque " notre amour ", il ricane. Il y a des mois qu'il la trompe ici et là, parce qu'il a besoin de respirer, parce qu'il étouffe dans " notre amour ". Elle ne veut pas le croire, il cite des noms qui sont autant de coups de poignard. Il est odieux, la traite de pot de colle.

« Elle est horrifiée, affolée. Alors il lâche le morceau : il va se marier. Avoir enfin une vie normale avec une femme normale. Il la nomme. Si Christine l'aime autant qu'elle le prétend, c'est tout ce qu'elle peut lui souhaiter. Bon, ça a été une belle histoire leur histoire, mais elle est finie. C'est le sort de toutes les histoires.

« Elle suffoque. Il a peur de sa violence, l'étreint, lui fait l'amour, il la désire encore, elle en joue, il lui promet de la revoir, quand elle voudra, à condition qu'elle s'apaise. Quand elle voudra.

« Demain ? Demain.

« Le soir, Christine T. rentre chez elle. Elle a huit personnes à dîner. Elle est dans un état second, ses invités le remarquent, son mari aussi.

« Le lendemain, elle dérobe dans le bureau de son mari le 6.35 qu'il a acheté quand ils ont été cambriolés. Elle s'assure qu'il est chargé. Elle sait se servir des armes, elle a chassé avec son père.

« Elle retrouve son amant à sept heures. Il est heureux de voir qu'elle s'est reprise. Un peu trop, peut-être. Ça l'agace vaguement. Elle a apporté de quoi faire la dînette. Caviar, champagne... Aujourd'hui j'ai toute ma soirée, dit-elle.

Mon très cher amour...

« Ils vont faire l'amour comme au plus
fort de leur passion. Il s'endort.

« Alors, à dix heures dix, Christine T.
prend son revolver, l'applique sur la
tempe de son amant. Et tire.

« Voilà. Tu en sais autant que moi ou
presque. »

J'avais écouté Jerzy en silence.

— Maintenant, par hypothèse tu es
membre du jury de la cour d'assises qui va
la juger. Qu'est-ce que tu fais ?

— Je ne sais pas.

— Moi, je sais. Tu la condamnes pour
meurtre avec préméditation et tu accordes
des circonstances atténuantes. Sauf...

— Sauf ?

— Sauf si elle a un avocat génial.

— Qui plaidera pour la partie civile ?

— Brisac. Il est redoutable. Et puis la

mère éplorée défendant à la barre la mémoire de son fils assassiné, c'est dur à remonter.

— Le mari viendra témoigner ?

— Il viendra. Il est courageux. À sa manière, il aime sa femme. Mais je n'ai aucun témoin des relations de Christine avec son amant. On ne les a jamais vus ensemble. Il faut qu'on me croie sur parole quand je les décrirai.

J'avais voulu exorciser l'image de Christine T., elle était là, plus présente que jamais. Je demandai :

— Dans quel état est-elle ? Abattue ? Agitée ?

— Non. Étrangement délivrée. Calme. Et d'une beauté, d'une beauté...

— Sublime, tu l'as déjà dit.

Jerzy me regarda, amusé.

— Mais tu es jalouse, ma parole !

— Non. Je suis excédée. Excédée par la place que cette femme que je n'aime pas décidément a prise dans ta vie, je devrais dire dans notre vie. Nous ne sommes plus deux, nous sommes trois ! Quand est-ce qu'on va en finir, Jerzy, de ce trio ?

— Bientôt, dit Jerzy. Le 20 avril. Je te promets qu'ensuite, tu ne m'entendras plus prononcer son nom. Jusque-là, il faut que tu m'aides encore un peu...

— Que je t'aide comment ?

— En m'écoutant. Viens m'embrasser ! Tu ne m'embrasses plus !

Je m'approchai de lui en grognant :

— Tu n'es pas rasé...

Il me renversa sur le canapé. J'oubliai Christine T.

Le jour du procès, la grande salle de la cour d'assises était comble. Une salle de première, élégante, le président avait généreusement distribué les laissez-passer. Au fond, debout, une foule anonyme se pressait, quelques avocats, en grappe dans leur robe noire, se faufilaient, les journalistes se bousculaient dans leur tribune bondée... Une atmosphère de corrida...

Du deuxième rang où j'étais assise à côté d'Albert, je regardai les neuf jurés lorsqu'ils furent installés. Des visages quelconques, indéchiffrables. Je fus réconfortée, tout de même, d'y voir trois femmes, plus capables, me semblait-il, d'entrer dans la douleur de l'accusée.

Quand elle parut, entre ses gardes, il y eut un Ah! Elle était, il faut le dire, sublime. Yeux verts obliques, teint de tubéreuse, cheveux noirs descendant en boucles molles sur ses épaules, silhouette menue dans un tailleur sombre, tête haute, une grâce la nimbait...

Les trois magistrats eux-mêmes me parurent fugitivement impressionnés.

Il y eut d'abord la lecture de l'acte d'accusation, puis, selon le rituel que

Jerzy m'avait décrit, Christine T. fut interrogée par le président faussement paternel et vraiment dur d'oreille qui ne cessait de lui dire : « Parlez plus fort, messieurs les jurés ne vous entendent pas... » Interrogatoire dit de personnalité. Christine T. répondit sobrement, comme s'il se fût agi d'une autre.

Absente, elle était absente.

Vinrent ensuite à la barre le psychiatre et le médecin psychologue qui tracèrent un portrait mental de Christine T. pour finir par énoncer, en termes savants, qu'elle était responsable de ses actes et ne manifestait aucun dérèglement de l'esprit.

C'était ce que Jerzy voulait leur entendre dire.

Puis ce fut le tour des témoins interrogés et contre-interrogés. Ceux de Jerzy n'étaient pas très nombreux. Une femme de chambre, une gardienne d'immeuble, une ancienne gouvernante de Christine T. qui, bravant la famille, était venue décrire son enfance, le père de Christine T. sec, guindé, concédant du bout des lèvres, harcelé par Jerzy, qu'il ne l'avait point aimée comme sa fille mais comme une intruse au foyer...

Mais Jerzy avait surtout tablé sur le Mari. Se tenant très droit devant la barre, il fut héroïque sous les sarcasmes de Brisac, l'avocat de la partie civile et l'ironie perceptible du président, odieux.

Brisac, lui, avait surtout compté sur la mère de l'Amant qui fut, hélas, bouleversante, implacable pour Christine, déchirante en parlant de ce fils adoré, la tête fracassée dans son sommeil par une furie...

Pendant une suspension d'audience, j'échangeai quelques mots avec Mollard.

— Jerzy a eu tort, me dit-il, il a eu tort de s'entêter. Il fallait plaider l'irresponsabilité, je le lui ai dit cent fois. Maintenant, elle va en prendre pour dix ans en mettant les choses au mieux... Un témoignage pareil, ça ne se remonte pas...

— Mais le Mari...

— Un pédé. Les gens n'aiment pas ça. Vous avez vu la tête des jurés pendant qu'il parlait ?

Il était furieux.

Albert, effondré, parlait avec Jerzy, très calme.

Après la plaidoirie de Brisac, emphatique, le réquisitoire de l'avocat général me ravagea. Il avait dit ce qu'au fond je pensais, ce qu'il me paraissait tout à coup impossible de ne pas penser : qu'il n'y a aucune bonne raison pour tuer un homme, aucune. Que la jalousie est une maladie de l'esprit et que cette jeune femme protégée s'était conduite comme une enfant gâtée à qui l'on enlève son jouet. Qu'elle était intrinsèquement mauvaise. Il demanda la réclusion perpétuelle pour cette meurtrière froide et frivole. Il y eut un remous dans la salle, que le président réprima sévèrement. J'étais glacée.

Christine T. eut à peine un mouvement pour dissimuler ses larmes.

Enfin, ce fut le tour de Jerzy. D'abord, il était resté pendant quelques minutes la tête entre les mains, les yeux clos, concentré. Enfin il se leva, et parla durant une heure, sans une note, souverain. Je me souviens encore de ses premiers mots : « Nous allons revivre ensemble et très brièvement cette vie si douloureuse qui a été faite à Christine T ; je vais vous dire les angoisses, les souffrances et les tortures de cette femme, et quand vous aurez parcouru avec moi les étapes de ce calvaire, ma cause sera gagnée, votre sympathie lui sera acquise, et vous n'aurez plus qu'à rentrer dans la chambre de vos délibérations pour rapporter à Christine T. le mot d'absolution et de pardon... »

Et il enchaîna.

Par la magie de sa parole, la meurtrière

devenait une victime, de sa famille, de son mari, d'un amant cynique jusqu'à la cruauté, vautour jouant avec sa proie fragile... On oubliait qu'elle avait tué. C'est elle que l'on avait tuée. Miracle de la rhétorique... Miracle du talent.

Le jury se retira pour délibérer. Jerzy, blême, tournait en rond dans les couloirs...

— C'est ma vie qui se joue, me dit-il, ma vie.

Les journalistes faisaient des paris. Dix ans, quinze ans...

Enfin le jury reparut après une heure d'absence.

— Gardes, dit le président, raide dans sa robe rouge, gardes, faites entrer l'accusée.

Christine T. pénétra dans son box, pâle comme la mort.

Le président du jury se leva pour délivrer la sentence.

Christine T. était acquittée. Des

applaudissements et des huées éclatèrent, malgré les remontrances du président. Je cherchai le regard de Jerzy, mais il tournait le dos à la salle, debout devant le box de Christine dont il tenait les mains...

Je courus vers lui. Mollard m'avait précédée.

— Bravo, mon petit, criait-il, vous avez été ma-gni-fique ! Du grand art ! Je n'aurais pas su faire mieux !

Il était entouré, cerné, assailli.

Enfin, il me vit et dit simplement :

— Tu es contente du petit Jerzy ?

Alors, bêtement, je fondis en larmes, dans les bras d'Albert.

Mollard voulut nous emmener fêter ce succès chez Allard, son restaurant favori. J'exigeai d'Albert qu'il nous suive. Et Christine ? Elle ne serait libre que le lendemain. Il fallait attendre la levée d'écrou. Quelques personnes se joignirent à nous. C'est fou le nombre d'amis qu'avait Jerzy tout à coup.

Ce ne fut pas la gloire. Mais la notoriété. Jerzy était subitement arraché à l'ombre de Mollard. Applaudi, salué, encensé. Il était lancé.

Mollard fut le premier à suggérer qu'il ouvre son propre cabinet, qu'il vole désormais de ses propres ailes.

Notre vie allait tourner sur ses gonds.

En quelques semaines, Jerzy, sollicité de toutes parts, devint une « personnalité parisienne », sigle mystérieux qui désigne ces gens auxquels les journalistes téléphonent pour savoir ce qu'ils pensent de tout.

Rapidement, il eut deux clients importants, une énorme affaire de fraude fiscale, une histoire d'héritage, compliquée d'un meurtre présumé.

Il fallait lui trouver un bureau personnel, l'installer. Je m'y employai, trouvai pour lui des étoffes rêches, des éclairages moelleux dans une pièce sobre. Pour assumer ces frais, je vendis un petit secrétaire Boulle de grand prix. Bof! je n'y tenais pas.

Maintenant, nous sortions tous les soirs. Dîners où la maîtresse de maison l'exhibait, projections privées, générales, nous nous sommes trouvés pris dans ce réseau de mondanités où glissent les Parisiens de quelque réputation, pour peu qu'ils en aient le goût. Tout cela était trop neuf pour que Jerzy n'en éprouve pas une vague griserie.

— Sortez, sortez, mon vieux, lui disait Mollard. C'est avec des relations qu'on se fait des clients.

Nous n'avions plus le temps de nous voir.

125

Au cours de l'un de ces dîners, quelqu'un demanda :

— Et Christine T. ? Qu'est-elle devenue ?

— Je l'ai vue hier, dit Jerzy. Elle va aussi bien que possible.

Après le procès, elle s'était réfugiée à la campagne pour échapper à la presse qui la persécutait, aux éditeurs qui voulaient lui arracher ses Mémoires. Maintenant, quelqu'un prétendait écrire un livre sur elle et elle était venue voir Jerzy pour qu'il l'aide à s'y opposer... Quoi de plus naturel ? Pourquoi étais-je agacée par cette rencontre dont il ne m'avait pas parlé ?

— Elle est très seule, dit Jerzy. Même ses enfants ne veulent plus la voir. Elle cherche du travail pour échapper à cette solitude...

En rentrant, je dis :

— J'espère que nous n'allons pas l'avoir de nouveau dans les pattes, ton amie.

— Quelle amie ?

— Christine.

— Ce n'est pas une amie, c'est une cliente. Et c'est aussi quelqu'un qui m'émeut, si tu veux savoir... Elle n'a que moi à qui se raccrocher...

— Eh bien, dis-je, en me forçant à rire, c'est gai ! Je vois que je vais de nouveau porter ma croix.

Mais les semaines passèrent sans qu'il soit à nouveau question de Christine entre nous. J'y pensais parfois. Je la croisais chez un coiffeur où elle faisait couper court ses cheveux. Ça la rajeunissait. Nous nous sommes vaguement saluées.

Pris dans un tourbillon de travail et d'obligations mondaines, nous n'avions plus guère le temps de nous voir, avec

Jerzy, ou bien était-ce que nous avions moins envie d'être seuls ? Je repoussais cette idée lorsqu'elle me traversait. Absurde... Nous étions toujours étroitement liés. En même temps, quelque chose s'était insensiblement modifié dans nos relations. J'avais dû faire un saut aux États-Unis et il ne m'avait pas dit : « Si tu m'abandonnes trois jours, tu ne me retrouveras pas... » Il n'était même pas venu m'attendre à Roissy au retour. Il est vrai qu'il n'avait toujours pas de voiture, qu'est-ce que j'allais chercher pour me torturer ?

D'ailleurs, moi-même étais-je toujours aussi attentive avec lui ? À l'écoute de ses désirs ? De ses humeurs ? Peut-être avions-nous seulement glissé insensiblement de la passion à la tendresse.

Je m'interrogeais. L'important était que nous restions sur la même longueur d'onde, n'importe laquelle. C'était à moi de m'adapter. Lui était toujours le petit

Jerzy qui se serait moqué de mes cogitations si j'avais eu la faiblesse de lui en faire part.

Un jour, il m'avait dit :

— Je t'aime parce que tu ne me poses pas de problèmes. Tu les résous.

Je n'allais pas commencer. Sans raison valable, de surcroît. Juste une distance impondérable qui s'était faufilée entre nous jusque dans les creux de nos nuits.

Puis un jour, je suis entrée chez Lipp pour déjeuner avec un éditeur italien, et qui vois-je, assis à une table contre le miroir ? Christine et Jerzy.

Mon cœur se mit à cogner de façon absurde, comme si je les avais trouvés au lit.

Je saluai Jerzy de la main. Il répondit. On nous installa en face d'eux. Je ne parvenais pas à les quitter des yeux.

Par chance, mon Italien était loquace et fit pendant une heure les questions et les réponses que j'étais incapable de lui donner. Tout de même, il s'inquiéta :

— Quelque chose ne va pas ? Vous n'êtes pas bien ?

— Si, si, très bien. Pardonnez-moi.

Je fis un effort pour entrer dans la conversation. Il était temps. Mon charmant Italien était en train de me rouler.

Mais ils partirent avant nous et je me ressaisis, malgré une migraine accablante.

Cet après-midi-là, j'avais une journée creuse, rien d'urgent ne m'appelait. Au lieu d'aller au bureau, je suis rentrée chez moi. Et je me suis passée à la question. Qu'est-ce que j'avais ? Jalouse ? J'aurais eu cent raisons d'être jalouse de Jerzy, depuis que le succès lui était venu et que les femmes tournaient autour de lui comme des guêpes autour d'un pot de miel. Mais il m'en parlait. Nous en riions ensemble. Il disait :

— Laisse... J'aime les femmes... Sans elles, je meurs.

— Il t'en faut combien, Jerzy ?

— Toutes. Je les veux toutes... À mes pieds, comme le pacha de Patakaniroco-titi...

Il s'enivrait de mots et de flatteries. Tout cela ne tirait pas à conséquence, du moins à ma connaissance. De quoi aurais-je eu peur ? Nos nuits étaient toujours ardentes. Nous n'étions pas las l'un de l'autre. Tout au plus, Jerzy était-il devenu plus secret, moins prompt à me raconter ses préoccupations professionnelles... Mais comment m'aurait-il entretenue d'un dossier de fraude fiscale ? Non, j'étais aux aguets, je n'étais pas jalouse.

Il m'arrivait même de chercher à discerner, parmi les jeunes femmes qui maintenant nous entouraient, celle qui un jour me succéderait, puisque c'était inévitable et que je le savais. Celle qui lui donnerait un enfant.

À la limite, j'aurais voulu la choisir, la lui offrir en quelque sorte... Jalouse, moi ? Allons donc. Mais je me donnais encore quelques années de répit avant cette échéance dont j'avais toujours su qu'elle se produirait. Pour le moment, j'écartais de lui les coquettes, les ambitieuses, les sottes... Il s'amusait à me voir faire.

— Tu es diabolique, disait-il, en riant. Diabolique.

Non. J'étais vigilante, comme je l'aurais été avec un grand fils.

Alors pourquoi Christine T. m'était-elle devenue insupportable ? Parce qu'elle était funeste, j'en étais sûre. C'était une femme funeste qui portait le malheur avec elle. Voilà pourquoi je souffrais de la voir tourner autour de Jerzy. C'était du moins ce dont j'étais persuadée.

Mon très cher amour...

Ce jour-là, il rentra tard. Exceptionnellement nous dînions seuls, à la cuisine comme autrefois. Il était de mauvaise humeur, grignota des ravioles qu'il aimait cependant, dit qu'il avait du travail et ouvrit un dossier tandis que je lui préparais un café.

J'aurais dû me taire. Au lieu de quoi je dis, d'une voix placée trop haut :

— Tu la vois, Christine ?

— Oui, dit-il.

— Tu la vois souvent ?

— Oui. Elle est très seule.

— Pourquoi ne me l'as-tu pas dit ?

— Parce que tu ne l'aimes pas. Tu ne t'entends pas quand tu parles d'elle. L'autre soir, chez les Sabouret, tu as été odieuse.

J'eus l'impression d'avoir allumé la mèche d'une bombe qui allait me sauter au visage. Il fallait se taire, se taire. Je dis, conciliante :

— C'est vrai qu'elle ne m'a jamais été très sympathique...

Il me jeta un regard froid.

— Laisse-moi travailler, veux-tu ?

La mèche était éteinte. Au moins provisoirement.

J'avais été odieuse, moi ? C'était un peu fort. Christine T. n'était pas sacrée, vierge et martyre qu'il fallait vénérer parce qu'elle avait assassiné son amant, elle n'était pas...

Couchée à côté de Jerzy, incapable de trouver le sommeil, je tournais et retournais les motifs de mon tourment. Jerzy était épris de Christine T. Je l'avais toujours su, je l'avais su avant lui et maintenant la vérité surgissait.

Mais épris jusqu'où ? Était-il son amant ? Depuis quand ? Depuis des semaines peut-être, oui il y avait des semaines qu'il me trompait avec cette

créature maléfique. Où avais-je les yeux ?
Tous les indices convergeaient. Je les
ressassais, comme on gratte une plaie.

Au milieu de la nuit Jerzy me prit
brutalement, ce qu'il ne faisait jamais. Je
n'en eus aucun plaisir. Plutôt une sorte de
haine. Décidément, tout se gâtait entre
nous.

Je le regardai assoupi, dans la pénombre. Avait-il déjà dormi avec elle ?
L'avait-elle vu désarmé après l'amour ?
S'était-elle lovée au creux de cette épaule
que, cette nuit, il me refusait en me
tournant le dos ? Toutes les images qui
pouvaient me blesser, je les évoquai. Je
voulais savoir. Savoir.

Je décidai d'aller voir Christine, de lui
arracher la vérité.

Elle m'a donné rendez-vous chez elle,

dans un grand appartement luxueux et sinistre, du seizième arrondissement.

Je la trouvai défaite, lasse, pelotonnée sur un immense canapé. Son parfum, lourd, flottait dans la pièce.

Je feignis d'abord de m'intéresser à ses Mémoires. Le meilleur moyen d'empêcher que l'on écrive sur elle, c'était qu'elle écrive elle-même. Je pouvais lui fournir quelqu'un pour l'aider, la faire publier dans les meilleures conditions.

Elle m'écoutait distraitement, comme s'il s'agissait d'une autre, m'assura qu'elle n'avait rien à dire, rien qui n'ait été dit et redit à l'occasion de son procès. Mais qu'elle réfléchirait...

— Consultez Jerzy, dis-je, je suis sûre qu'il vous conseillera d'accepter ma proposition. Vous avez confiance en lui, non ?

— Absolument.

— Il m'a dit qu'il vous voit souvent...

Silence.

Mon très cher amour...

— Vous savez quoi (j'avais pris ce tic de langage à Jerzy), vous savez quoi ? je crois qu'il est un peu amoureux de vous.

— Nonsense, dit-elle en anglais.

Et elle se leva comme pour me signifier que notre conversation avait assez duré. Je n'en tirai pas un mot de plus, du moins sur ce qui m'intéressait, la nature exacte de ses relations avec Jerzy.

Sans pudeur, je me suis incrustée. Je lui ai dit que j'étais inquiète pour lui, que quelque chose dans sa conduite s'était altéré, qu'après l'immense joie de l'acquittement, il semblait atteint par une sorte de dépression...

— Je sais, me dit-elle. Je fais ce que je peux pour le remonter mais cette affaire de fraude fiscale le préoccupe. Il ne cesse d'en parler.

Je sortis de chez elle, perplexe et ravagée. Manifestement, ils se voyaient beaucoup, Jerzy parlait avec elle comme il ne le faisait plus avec moi... Et puis ?

Mon très cher amour...

J'avais identifié son parfum. Par je ne sais quel jeu pervers, j'en achetai un flacon. J'en étais aspergée lorsque, le soir, je rejoignis Jerzy au restaurant où nous dînions avec des amis.

Il me flaira, le nez sur mon cou comme la truffe d'un chien.

— Qu'est-ce que tu sens ?

— Shalimar, de Guerlain. Tu aimes ?

— Pas sur toi.

Mon manège avait avorté.

J'allai voir Albert, dans sa boîte, un soir où Jerzy donnait une conférence. Il était encore à peu près sobre.

— Tu débloques, me dit-il. Tu débloques complètement. Jerzy va mal, c'est vrai, et je ne sais pas pourquoi. Ça arrive quelquefois à la suite d'un succès longtemps convoité. Mais s'il était amoureux, il serait gai... Or, il n'est pas gai. Il est même devenu sinistre.

— Est-ce que tu le crois capable de me tromper avec cette femme ?

— Capable, sûrement, qui n'est pas capable ? Mais ce n'est pas son genre. Jerzy a toujours peur qu'on l'abandonne... Il ne quitte jamais le premier...

Je connaissais les horaires de Jerzy. Le matin au bureau. À midi et jusque tard dans l'après-midi au Palais. Ensuite au bureau où il recevait ses clients. Il ne pouvait voir Christine T. qu'en fin d'après-midi.

Je me surpris à rôder, vers sept heures, dans le quartier de la Muette, observant de ma voiture la porte de Christine pour voir si Jerzy... Mais il ne parut jamais. Alors où se voyaient-ils ?

Mon très cher amour...

De passage à Paris, Iris vint un soir
dîner avec nous. Jerzy, heureux de la voir,
se mit en frais. Ah ! ils se plaisaient tous
les deux ! Elle sortit tout l'arsenal de sa
séduction, il fut étincelant... Pour la première fois, le numéro de charme de Jerzy
m'irrita. Trop vu, trop connu. Tendue
comme je l'étais, je me sentais exclue de
leur complicité. Jerzy raccompagna Iris à
l'hôtel. J'attendis longtemps son retour.

— Où étais-tu ?

— Je suis passé voir Albert.

Albert... Il avait bon dos, Albert.

Le lendemain, Iris me téléphona :

— Qu'est-ce qui se passe ? Ça ne va
pas vous deux ?

— Ah ! tu as senti !

— J'ai senti que tu étais nerveuse,
agressive...

— Moi ? pas du tout. C'est Jerzy...

— Allez, raconte.

— Je n'ai rien à raconter. Ça ne va pas,
voilà, ça ne va plus...

— Une autre femme ?

— Je crois.

— Tu crois ou tu en es sûre ?

— J'en suis sûre.

— Écoute, me dit Iris, quand on cesse d'être aimée, il y a deux solutions. On s'en va — c'est la meilleure —, ou on reste sans faire la tête. Jette Jerzy ou garde-le, mais ne boude pas.

— Mais je ne boude pas...

— Si. Je t'ai vue. Tu es odieuse.

Ainsi même Iris me trahissait, ensorcelée qu'elle était par Jerzy. Elle était de son côté. Elle prenait son parti. Un instant, je les soupçonnai d'avoir parlé de moi, tous les deux, chère Iris, je suis si malheureux, je suis amoureux d'une créature sublime et votre amie ne veut pas comprendre qu'entre nous c'est fini...

J'entendais Jerzy se plaindre et Iris le consoler, perfide...

Je raccrochai brutalement.

Quelques jours plus tard, *Match* publia une photo de Jerzy et Christine, marchant ensemble au Luxembourg, avec une légende suggérant sans le dire qu'une romance était née entre le brillant avocat et sa belle acquittée.

Je rapportai le journal à la maison pour provoquer une réaction de Jerzy. Il regarda la photo et dit seulement :

— Tiens, je commence à perdre mes cheveux...

— C'est tout ce que cela t'inspire ?

— Je dois être inspiré ?

— Tu n'as pas lu ? On t'attribue une romance avec Christine.

— Ah ? Bon. C'est plutôt flatteur, non ?

— Moi, je n'ai pas été flattée.

— Tu devrais, tu devrais. Christine n'est pas une rivale ordinaire...

142

Mon très cher amour...

— Jerzy ! Je n'ai pas envie de rivale ni ordinaire ni extraordinaire. Je...

Il me regarda de cet œil gris glacé qu'il pouvait avoir.

— C'est une scène ?

— Non, pas du tout. D'ailleurs tu es libre. Simplement, quelquefois je m'interroge...

— Vraiment ? Sur quoi donc ?

— Sur toi, sur nous.

— Eh bien, continue, dit Jerzy.

Et il plongea dans *l'Équipe,* son journal favori.

Alors j'ai décidé d'en avoir le cœur net et j'ai fait appel à un détective.

Le premier avec lequel je pris langue me leva le cœur avec ses questions. Je renonçai à poursuivre. Mais, taraudée, j'en trouvai un second plus convenable

143

que je conjurai d'être discret. Il me répondit, avec un gros rire, qu'il connaissait la
musique.

Je voulais tout savoir des déplacements
de Jerzy, demi-heure par demi-heure. J'ai
su. Il se rendait trois fois par semaine, en
fin de journée, dans un immeuble de la
rue Fürstenberg.

J'ai gardé pendant quinze jours cette
information comme un cancer qui me
rongeait la tête, comme une vrille qui me
perçait le cœur et y tenait une plaie vive
par où je saignais.

Une dernière fois, j'ai essayé de parler à
Jerzy. Il sortait de son bain, nous étions
en train de nous habiller pour sortir, je lui
ai dit :

— Est-ce que tu vois toujours Christine T. ?

— Ah ! m'a-t-il dit, tu ne vas pas
recommencer ! Est-ce que je te demande
qui tu vois, toi, toute la journée ?

J'aurais bien voulu. Et il ajouta :

Mon très cher amour...

— Maquille-toi bien. Tu as une mine de déterrée, ma pauvre fille, aujourd'hui.

Je détestais qu'il m'appelle ma pauvre fille et il le savait, mais depuis quelque temps il était devenu méchant, parfois, et il m'arrivait de penser que je ferais mieux d'écouter Iris, de rompre tout simplement, proprement, avant que nous nous déchirions. Mais j'en étais incapable, attachée à lui par toutes les fibres de mon être. C'était elle, cette sorcière, qui l'avait envoûté.

Je me suis décidée un vendredi après-midi. À sept heures, je me suis rendue rue Fürstenberg. Il n'y avait pas de gardienne, seulement quatre boîtes aux lettres portant toutes un nom d'homme sauf une. Ainsi, c'était.

là qu'elle se cachait, sous un nom d'emprunt.

Je suis montée, j'ai sonné. Comme on tardait à m'ouvrir, j'ai frappé. J'étais hors de moi-même, hors de toute raison, un pur morceau de douleur. Enfin, une femme de service m'a ouvert. J'ai bondi dans l'appartement, poussé une porte capitonnée...

Des images obscènes se bousculaient dans ma tête. Qu'allais-je trouver ?

Il était là, étendu sur un divan. Une brunette se tenait près de lui, assise. J'ai hurlé : « Jerzy ! »

Il s'est relevé, m'a regardée, ahuri.

— Vous connaissez cette personne ? a demandé la brunette.

— Oui, dit Jerzy. Je vous en ai parlé. C'est la femme à la Mercedes...

— Ah ! Je vois...

Elle m'a dévisagée. Puis froidement :

— Si elle veut bien se retirer, nous

pourrons reprendre notre séance... Ou bien préférez-vous abréger ?

— Non, dit Jerzy. Continuons, je vous prie.

Et il a repris sa place.

Alors seulement j'ai compris l'étendue de ma méprise. Nous étions dans le cabinet d'une psychanalyste. Ainsi tout s'éclairait, les rendez-vous réguliers, les sautes d'humeur de Jerzy...

Le saisissement m'a tenue un instant immobile, puis j'ai pris la fuite et me suis effondrée dans ma voiture.

Plus d'humiliation je n'en ai jamais connu. Plus de mépris de moi-même. Plus d'autodénigrement. J'ai roulé dans Paris, sans but, brûlant les feux rouges, espérant vaguement qu'un camion m'emboutirait et me réduirait en cendres. J'ai envisagé tous les moyens de suicide. La honte me brûlait. C'était pire que si j'avais tiré sur Jerzy à bout portant. J'avais été bête, j'avais été basse, j'avais été butée et il n'y avait pas de tribunal auquel demander mon acquittement.

L'idée de me retrouver devant Jerzy m'était insupportable. Je suis allée coucher à l'hôtel et j'ai appelé Iris, à Londres. Au téléphone, elle ne comprenait pas.

— Qu'est-ce que tu as ?

— J'ai fait quelque chose d'irréparable.

— Tu as tué quelqu'un ?

— Oui. Moi.

— J'arrive, dit Iris.

Elle m'a houspillée, elle m'a bercée, elle m'a choyée. Mais il y a des abîmes dont personne ne peut vous sortir. Il faut en remonter soi-même, seul, pas à pas. Je n'en suis qu'aux premiers pas.

En quelques mois, j'ai vieilli de dix ans. Les gens croient que j'ai été malade. En un sens, ils n'ont pas tort.

Jerzy a cherché à me revoir. Je me suis dérobée. La honte me brûle encore.

Quelquefois, je l'aperçois chez Lipp. Nous nous saluons de loin. Il est avec une blonde, toujours avec une blonde...

Christine T. est devenue visiteuse des prisons.

Achevé d'imprimer en novembre 1994
sur presse CAMERON
dans les ateliers de la S.E.P.C.
à Saint-Amand-Montrond (Cher)
pour le compte des éditions Grasset
61, rue des Saints-Pères, 75006 Paris

N° d'Édition : 9592. N° d'Impression : 2714.
Première édition : dépôt légal : septembre 1994.
Nouveau tirage : dépôt légal : novembre 1994.

Imprimé en France

ISBN 2-246-49221-1